DISCLAIMER

The author and publisher are providing this book and its contents on an "as is" basis and make no representations or warranties of any kind with respect to this book or its contents. The author and publisher disclaim all such representations and warranties, including but not limited to warranties of merchantability. In addition, the author and publisher do not represent or warrant that the information accessible via this book is accurate, complete, or current.

Except as specifically stated in this book, neither the author nor publisher, nor any authors, contributors, or other representatives will be liable for damages arising out of or in connection with the use of this book. This is a comprehensive limitation of liability that applies to all damages of any kind, including (without limitation) compensatory; direct, indirect, or consequential damages; loss of data, income, or profit; loss of or damage to property; and claims of third parties.

This Book Comes With Free Bonus Puzzles

Available Here:

BestActivityBooks.com/WSBONUS20

5 TIPS TO START!

1) HOW TO SOLVE

The Puzzles are in a Classic Format:

- Words are hidden without breaks (no spaces, dashes, ...)
- Orientation: Forward & Backward, Up & Down or in Diagonal (can be in both directions)
- Words can overlap or cross each other

2) ACTIVE LEARNING

To encourage learning actively, a space is provided next to each word to write down the translation. The **DICTIONARY** allows you to verify and expand your knowledge. You can look up and write down each translation, find the words in the Puzzle then add them to your vocabulary!

3) TAG YOUR WORDS

Have you tried using a tag system? For example, you could mark the words which have been difficult to find with a cross, the ones you loved with a star, new words with a triangle, rare words with a diamond and so on...

4) ORGANIZE YOUR LEARNING

We also offer a convenient **NOTEBOOK** at the end of this edition.
Whether on vacation, travelling or at home, you can easily organize your new knowledge without needing a second notebook!

5) FINISHED?

Go to the bonus section: **MONSTER CHALLENGE** to find a free game offered at the end of this edition!

Want more fun and learning activities? It's **Fast and Simple!**
An entire Game Book Collection just **one click away!**

Find your next challenge at:

BestActivityBooks.com/MyNextWordSearch

Ready, Set... Go!

Did you know there are around 7,000 different languages in the world? Words are precious.

We love languages and have been working hard to make the highest quality books for you. Our ingredients?

A selection of indispensable learning themes, three big slices of fun, then we add a spoonful of difficult words and a pinch of rare ones. We serve them up with care and a maximum of delight so you can solve the best word games and have fun learning!

Your feedback is essential. You can be an active participant in the success of this book by leaving us a review. Tell us what you liked most in this edition!

Here is a short link which will take you to your order page.

BestBooksActivity.com/Review50

Thanks for your help and enjoy the Game!

Linguas Classics Team

1 - Food #1

```
Q E B C P W W W E E K N W B
O A M K M Q Q U X D B L I A
A W S Z G H L T A Y M E D S
R P I Y L S P I V B A M J I
B E E T F V Z F C X L O Y L
B R H O R D E U M F L N A I
S S W F U A Q Z L R I B Y U
P I R U M C E P A A U E E S
I C D L Y R S K C G M X L A
N U N A S F S U C U S H I L
A M R L U N E C G M M O T R
C T U N A C M S Y A I W U A
H U A R A K U D E E R O S P
V Y D R B R M S U Z U V A A
```

PERSICUM   PIRUM
HORDEUM   SEM
BASILIUS   SAL
DAUCUS   ELIT
ALLIUM   SPINACH
SUCUS   FRAGUM
LEMON   SUGAR
LAC   TOFU
CEPA   TUNA
EROS   RAPA

2 - Castles

```
R F E U D A L M U R U M W V
E D Y Q S R I Z H D Z J V W
G Y G N U C E E T U R R I S
N N I U V E M Q G G E A U J
U A N V U P S C U T U M C D
M S U O P R I N C I P E P O
T T N L B G L A D I U M W C
J I I U O I M P E R I U M A
L A C G P A L A T I U M P T
J N O R R R B I D A K E X A
K Z R R G M X L S J M Q E P
N M N H U A W H M D V U K U
P R I N C I P E M P J U O L
J Y S C O R O N A M O S U T
```

ARMA	EQUES
CATAPULT	NOBILIS
CORONAM	PALATIUM
DRACO	PRINCIPE
DYNASTIA	PRINCIPEM
IMPERIUM	SCUTUM
FEUDAL	GLADIUM
ARCE	TURRIS
EQUUS	UNICORNIS
REGNUM	MURUM

3 - Exploration

```
D  H  T  A  T  R  A  V  E  L  C  T  A  I
N  E  B  C  O  U  M  Z  D  Y  U  D  N  G
X  K  T  L  N  L  M  N  T  O  L  M  I  N
R  W  G  E  I  T  I  U  S  I  T  P  M  O
A  M  Z  I  R  Q  W  N  L  S  U  U  A  T
N  D  R  U  O  M  R  E  G  T  S  I  L  U
O  Z  J  D  Z  A  I  H  O  U  U  N  I  M
V  X  Q  R  S  I  N  N  H  W  A  S  A  L
U  D  Y  K  E  G  V  D  A  X  C  J  F  H
M  F  D  I  S  C  E  R  E  T  T  J  O  K
A  N  I  M  U  S  N  Z  I  Y  I  X  G  R
D  S  I  T  F  W  T  O  H  H  O  O  Q  C
F  E  R  A  C  G  I  S  P  A  T  I  U  M
W  Y  L  G  Z  P  O  D  I  S  T  A  N  T
```

ACTIO	LINGUA
ANIMALIA	NOVUM
ANIMUS	SPATIUM
CULTUS	DISCERE
DETERMINATIO	TRAVEL
INVENTIO	IGNOTUM
DISTANT	FERA
TUMULTUS	

4 - Measurements

```
X P R O F U N D U M G A D L
S E X T A R I U M N R G E O
K K H O I N C H J J A A C N
J G X N R N S L H J M L I G
M F W M L U M A S S A T M I
K M P V P O N D U S H I A T
L I V J Z R B C P H E T L U
A N L R T C C Y I D W U E D
T U I O V I W F T A X D S O
I T T N M E T R I E M O D B
T I E Q B E K I L O G R A M
U S R C E N T I M E T E R B
D I C Z V B N E B J W O Z D
O J K E O U A G R A D U S L
```

BYTE
CENTIMETER
DECIMALES
GRADUS
PROFUNDUM
GRAM
ALTITUDO
INCH
KILOGRAM
KILOMETER

LONGITUDO
LITER
MASSA
METRI
MINUTIS
UNCIAM
SEXTARIUM
TON
PONDUS
LATITUDO

5 - Farm #2

```
I  E  W  I  N  D  M  I  L  L  A  R  D  L
H  R  V  E  G  E  T  A  B  I  L  I  S  A
O  L  R  A  M  T  O  G  T  P  S  R  P  C
R  L  F  I  N  F  V  N  N  U  R  A  Z  V
D  A  R  I  G  J  E  U  F  V  R  A  M  R
E  M  U  F  A  A  S  S  X  L  R  A  T  M
U  A  C  R  N  N  T  R  A  C  T  O  R  I
M  G  T  U  I  A  R  I  O  I  P  F  H  O
L  R  U  M  M  T  I  K  O  G  C  R  O  R
P  I  S  E  A  I  T  C  Y  N  E  D  R  C
U  C  T  N  L  S  I  W  N  Y  E  T  R  H
M  O  T  T  I  F  C  O  Q  R  X  S  E  A
A  L  E  U  A  T  U  C  I  B  U  M  U  R
R  A  Z  M  L  V  M  S  Z  Q  N  S  M  D
```

ANIMALIA	LLAMA
HORDEUM	PRATI
HORREUM	LAC
FRUMENTUM	ORCHARD
ANATIS	MATURA
AGRICOLA	OVES
CIBUM	TRACTOR
FRUCTUS	VEGETABILIS
IRRIGATIONES	TRITICUM
AGNUS	WINDMILL

6 - Books

```
N U V T P F E G T F R H C L
S O Z B A C A S U S S I O I
C J V B G K I B D W Z S L T
K S K E E D C D U U T L T
H U J U S M O D I L R O E E
S V M K S V Q A A L A R C R
M O R I B U S U T R G I T A
U I Q E U T R C H X I C I R
P E R T I N E T O B C A O U
J Q O H D P Z O L N I A P M
L C G K G F M R D P T M J U
C A R M I N A S E R I E S D
D U A L I T A T E M Y C X F
C A R M E N L E C T O R R T
```

CASUS
AUCTOR
MORIBUS
COLLECTIO
CONTEXT
DUALITATEM
HISTORICA
HUJUSMODI
LITTERARUM

NOVE
PAGE
CARMEN
CARMINA
LECTOR
PERTINET
SERIES
FABULA
TRAGICI

7 - Meditation

```
S  P  I  R  A  N  S  E  O  E  H  T  C  O
T  H  W  Z  T  N  A  T  U  R  A  R  O  L
P  A  C  E  M  E  N  S  S  M  B  A  G  B
P  M  A  C  C  E  P  T  I  O  I  N  I  M
D  R  D  U  M  B  U  M  L  T  T  Q  T  E
O  G  O  E  H  W  A  U  E  U  U  U  A  N
H  P  O  S  Y  H  F  S  N  S  S  I  T  T
N  B  E  C  P  W  F  I  T  B  L  L  I  I
G  U  H  R  S  E  E  C  I  E  J  L  O  S
L  R  R  V  A  M  C  A  U  V  F  I  N  B
B  K  A  Q  N  M  T  T  M  E  B  T  E  H
W  B  U  T  R  N  U  B  U  O  L  A  S  K
A  O  Y  I  I  D  S  U  J  M  I  S  M  O
P  H  R  C  L  A  R  I  T  A  S  W  Z  B
```

ACCEPTIO
OPERAM
SPIRANS
TRANQUILLITAS
CLARITAS
AFFECTUS
GRATIA
HABITUS
MENTIS

MENS
MOTUS
MUSICA
NATURA
PACEM
PROSPECTUM
SILENTIUM
COGITATIONES

8 - Days and Months

```
A I S I B W S N S S N A A W
R N J D N T P A E E O U P E
E I N V E P O K P P V G R D
M P T O A P X T T E U I N
F E B R U A R Y E I M S L E
C G N D G L S D M M B T I S
A H A S Y I A B B A E M S D
L M J Y E Q T R E N R A U A
E X O S E U U N R A S R F Y
N V V N I A R A M A R T I S
D F I M D M D O M I N I C A
A X S T L A A J U L Y I Y F
R C G I T S Y J A N U A R Y
V E N E R I S I T X Q R Z Z
```

APRILIS
AUGUST
CALENDAR
FEBRUARY
VENERIS
JANUARY
JULY
MARTII
MONDAY
MENSE

NOVEMBER
ALIQUAM
SATURDAY
SEPTEMBER
DOMINICA
JOVIS
MARTIS
WEDNESDAY
SEPTIMANA
ANNO

9 - Chess

```
S A C R I F I C I U M L T F
T D H O H O R V S P G U E O
H O I Z D N A O W R A D M R
P H R A X J G A V A D I P T
N D I N M C I R S E V O U I
B I W J E E B K J C E L S S
R S G Z F A T Z F E R U P S
V C L R P S M E V P S D A I
R E X E U K A E R T A I S M
L R V G N M L G N A R U S U
U E W I C J B N C T I S I S
D C Q N T T U L Y L U X V C
U N C A A A S H U V S M A D
M R Y D X O C O N S I L I O
```

NIGRUM
FORTISSIMUS
DIAMETER
LUDUM
REX
ADVERSARIUS
PASSIVA
LUDIO LUDIUS
PUNCTA

REGINA
PRAECEPTA
SACRIFICIUM
CONSILIO
TEMPUS
DISCERE
TORNEAMENTUM
ALBUS

10 - Food #2

```
E G G P L A N T A R W H A M
S X U I A I A X P I I C L V
Y C P X K N R Q P C D E G A
O V E R H I E S L E U E E P
G Y F L V O W M E Q Z H N I
U J U M E N P I S C E S T U
R J N C T R I T I C U M E M
T P G E N V I O D J V G M K
O Y O S W D V S V U A W V X
C E R A S U S P Q J G Y F Z
O N U A M L Q R P U L L U M
V V M C A S E U S Q E B M O
U A S P A R A G U S K U Q D
M K J C A C T U S O Z H R O
```

APPLE
CACTUS
ASPARAGUS
PANEM
ALGENTEM
APIUM
CASEUS
CERASUS
PULLUM
SCELERISQUE

OVUM
EGGPLANT
PISCES
UVA
HAM
KIWI
FUNGORUM
RICE
TRITICUM
YOGURT

11 - Family

```
C M F D M R R F R D O X U O
O P A T E R O R V N D E X D
G R B T Z U J A T L J F O P
N T D O E O W T W N N C R A
A E L M Y R T E U E E M Y N
T F P U E R N R E P D P Y C
A I U T M O L O J O S X O E
V L E Y I I J P A T R U U S
U I R M M S Q L U E N B I T
S I I A Z G S S R M M L W O
P A T E R N I V V M A T E R
I L I K D D F I L I A D M U
V S A M A T E R T E R A R E
S O R O R N L F T C Q D C N
```

ANCESTOR
MATERTERA
FRATER
PUER
PUERITIA
FILII
COGNATA
FILIA
PATER
NEPOTEM

AVUS
VIR
MATERNO
MATER
NEPOS
NEPTIS
PATERNI
SOROR
PATRUUS
UXOR

12 - Farm #1

```
W X I A W O P A S I N U S V
H T M P C N J U M E L A T C
K I W I O A F E L I S Q E G
D Q R S R H A Y J L O U R R
V F O C V G I R N R U A C E
J V I T U L U M N Q T M O G
C A N I S M S E M I N A R E
A N Q F U F K G C Q R E A M
A G R I C U L T U R A Q T A
S E P E M Z V B L I D U M G
D B B E D L M S A C M U K R
J O D Y X Q K L J E K S W O
T S P B T L I W D O W M W F
Y E K N P Q C U F I O X C O
```

AGRICULTURA	STERCORAT
APIS	AGRO
VITULUM	GREGEM
FELIS	HIRCUM
PULLUM	HAY
BOS	MEL
CORVUS	EQUUS
CANIS	RICE
ASINUS	SEMINA
SEPEM	AQUA

13 - Camping

```
D F W A A S A R B O R E S Y
V E N A T I O N E X N O J I
F J C Q D L C F T D R Q A K
S V A I K V W H A M M O C K
J I S T M A L N N M G K O L
N L U N A A T Z I G N I S Q
D A S I Q I Q Y M D U X H Y
I C T A B E R N A C U L U M
N U X U N Q H L L F B O B F
S S M M R W A Y I L T G Q U
E U R C M A T B A N B T M N
C J A P P A R A T U T Q A E
T G E P P M O N T E M E P M
C A M E R A M X T U C V R O
```

CASUS	VENATIONE
ANIMALIA	INSECT
CAMERAM	LACUS
LINTER	MAP
DECIMA	LUNA
APPARATU	MONTEM
IGNIS	NATURA
SILVA	FUNEM
HAMMOCK	TABERNACULUM
HAT	ARBORES

14 - Conservation

```
S G M M U T A T I O N E S X
H A B I T A T E H O U C N W
G Y L K F V F C P Q L H A S
A L U U L F A O X E L E T R
R L D T T H E S A H A M U E
X J I S S E U Y E O M I R D
A P C Q E D M S D R U C A U
Q O U H U I E T U G H A L C
U L R H Z A Y E C A E L I E
A L S S Q M M M A N H S S R
V U U F B P E S T I C I D E
F T S C U R A L I C U L L I
V I R I D I S S O E Q G G U
F O W H G C N K N F C I P D
```

MUTATIONES	HABITAT
CHEMICALS	SALUTEM
CAELI	NATURALIS
CURA	ORGANIC
CURSUS	PESTICIDE
ECOSYSTEM	POLLUTIO
EDUCATION	REDUCERE
ALIQUAM	NULLAM
VIRIDIS	AQUA

15 - Numbers

```
D U N D E V I G I N T I H D
Q E L U C L O P H V C L P E
S U C O U W B C M S G R Q C
E E I E Q U I N D E C I M I
X X P N M M T R E D E C I M
G F Y T Q E M U R E N D T A
O S A X E U T B L C O U W L
U N U M G M E O A I V O S E
D E C E M L D O C M E D E S
V I G I N T I E P T M E P X
Q U A T T U O R C P O C T O
P P W X T T R E S I N I E C
F W S U Q E F U O W M M M V
Q U A T T U O R D E C I M R
```

DECIMALES
OCTO
DECEM ET OCTO
QUINDECIM
QUINQUE
QUATTUOR
QUATTUORDECIM
NOVEM
UNDEVIGINTI
UNUM

SEPTEM
SEPTEMDECIM
SEX
SEDECIM
DECEM
TREDECIM
TRES
DUODECIM
VIGINTI
DUO

16 - Spices

```
C A V E C H A X L V P L F G
O F P Y P X Q J F A U E C I
R S A P O R E M A N R A T N
I A Q E Q O V O M I U N G G
A C L B N C E P A L S E R I
N F W L T I D Q R L X T C B
D U L C I S C Y A A T H P E
R Q Z N Y U L U R A N U A R
I M E I C Q M J L C U M P H
C U R R Y R I X P I T P R W
A M O M U M O M E D M I I S
P V Y J Z A C C U U E P K A
J N M X Z V W B U M G E A L
K T V F N Y L J H S E R Y X
```

ANETHUM	NUTMEG
AMARA	CEPA
AMOMUM	PAPRIKA
PURUS	PIPER
CORIANDRI	CROCUS
CURRY	SAL
FAENICULI	ACIDUM
SAPOREM	DULCIS
ALLIUM	VANILLA
GINGIBER	

17 - Mammals

```
L  R  P  S  V  M  U  D  I  M  P  K  B  L
O  C  A  I  D  A  V  A  D  Q  Q  C  U  E
B  A  N  M  J  C  R  I  E  Q  U  U  S  L
L  S  T  I  P  R  B  A  L  E  N  A  Y  E
I  T  H  A  G  O  O  B  P  E  K  D  B  F
W  O  E  L  E  P  U  S  H  Z  O  R  C  I
L  R  R  T  B  U  R  D  I  E  P  L  A  K
V  U  A  J  J  S  S  G  N  B  X  T  N  P
U  L  P  M  E  Y  U  F  I  R  G  N  I  A
L  T  A  U  R  U  S  E  P  A  O  R  S  K
P  U  O  U  S  O  I  L  C  O  Y  O  T  E
E  N  W  T  R  Y  B  I  W  V  Q  X  R  G
S  G  L  N  Q  Q  X  S  F  E  F  R  J  F
E  L  E  P  H  A  N  T  I  S  C  I  B  E
```

URSUS	ORCI
CASTOR	EQUUS
TAURUS	MACROPUS
FELIS	LEO
COYOTE	SIMIA
CANIS	LEPUS
DELPHINI	OVES
ELEPHANTIS	BALENA
VULPES	LUPUS
PANTHERA	ZEBRA

18 - Fishing

```
A P P A R A T U M T O F K D
J L O U M K I H A C Y I N Q
E K C Q T L V A X L U L J L
S T E F Z P A W I L P U N C
C E A F Y I U V L P A M R F
A M N A V I G D L A A C A F
C P U F A R E L A T C Q U H
P O M B R A N C H I A S U S
O R Q Y L U D K A E F D Y A
N U N U C X O Q M N L X R A
D M E B E A C H O T U W N T
U Q M R A S R A N I M Y D L
S F O L R G R N T A E R U Y
C A N I S T R U M J N O H F
```

ESCA
CANISTRUM
BEACH
NAVI
COQUES
APPARATU
AUGENDO
BRANCHIAS
HAMO

MAXILLA
LACUS
OCEANUM
PATIENTIA
FLUMEN
TEMPORUM
AQUA
PONDUS
FILUM

19 - Bees

```
R  I  G  X  M  X  P  W  R  S  G  D  M  E
K  E  P  J  Y  C  O  X  U  K  V  O  I  I
A  P  G  X  V  P  L  A  N  T  I  S  S  Y
L  L  R  I  O  F  L  O  R  E  S  O  C  D
V  E  T  O  N  S  I  H  U  T  I  L  E  I
E  C  P  N  Z  A  N  Q  A  D  R  W  N  V
O  V  B  M  H  A  A  Y  N  B  Y  N  T  E
P  O  L  L  E  N  T  S  D  A  I  C  U  R
I  F  J  F  F  L  O  R  E  B  I  T  R  S
N  U  A  T  A  F  R  U  C  T  U  S  A  I
S  M  C  I  B  U  M  V  J  K  Z  A  R  T
E  U  E  E  C  O  S  Y  S  T  E  M  U  A
C  S  R  I  H  U  M  U  C  T  Y  N  Q  S
T  U  A  M  H  O  R  T  U  S  C  B  X  U
```

UTILE	MEL
FLOREBIT	INSECT
DIVERSITAS	PLANTIS
ECOSYSTEM	POLLEN
FLORES	POLLINATOR
CIBUM	REGINA
FRUCTUS	FUMUS
HORTUS	SOL
HABITAT	MISCENTUR
ALVEO	CERA

20 - Sports

```
O C F B G Z R L G A L M V G
U O V A L Y K W A G X O I Y
J N I S P A M I Z E M T C M
F S N E N W T N Z A U U T N
E E D B Q N N H A R S S O A
B C I A N R V D L S L B R S
K T C L C S N O H E I T J T
J E I L X K E L G C T U Y I
S T A D I U M O G O Y A M C
W U E E H C L R R T L V D A
C E J U L T R I C E S F M E
Q R L U D I O L U D I U S R
L U D U M R A E D A O D O S
R E F E R E N D A R I U S M
```

ATHLETA
BASEBALL
ULTRICES
VINDICIAE
RAEDA
LUDUM
GOLF
GYMNASIUM

GYMNASTICAE
CONSECTETUER
MOTUS
LUDIO LUDIUS
REFERENDARIUS
STADIUM
DOLOR
VICTOR

21 - Weather

```
X J V S M U T C A L I G O S
O Q R I A Z R A T U R B O I
O R C C U Z O E E L R O X C
A D R C R H P L M I C A Y C
E B O I I M I U P O L A R U
R K V T S F C M E A G V J M
I C E A L B A R S X U X P I
S E N T N F L Z T O R T O R
T T T E Z U D Q A C W M E F
A E U Q B L B G S E A Y A A
A S S V L G J E M Q K E E E
W I L Q U U Q Z S A T U L A
C A E C P R O C E L L A E I
S A L T O N I T R U A Z Z Y
```

AERIS	ETESIA
AURA	POLAR
CAELI	MAURIS
NUBES	CAELUM
SICCITATE	TEMPESTAS
SICCUM	TORTOR
CALIGO	TONITRUA
PROCELLAE	TURBO
ICE	TROPICAL
FULGUR	VENTUS

22 - Adventure

```
V H F H T M G A P E I I P P
Y R V S T I A C E O Y T R E
G D M P N R U T R C B I A R
V C S M M U D I E C S N E I
K B Z Q D M I O G A T E P C
C B L E T N U Y R S U R A U
O F J D P A M V I I D A R L
V S A L U T E M N O I R A O
U I Z K I U H X A N U I T S
N M R F O R T E N E M U I U
P O B T W A V E D M O M O M
B U V C U H F M U M H M S W
Y B X U V T N P M K F S Z G
S B S O M W E A M I C I S K
```

ACTIO	GAUDIUM
VIRTUTE	NATURA
FORTE	NOVUM
PERICULOSUM	OCCASIONEM
STUDIUM	PRAEPARATIO
PEREGRINANDUM	SALUTEM
AMICIS	MIRUM
ITINERARIUM	

23 - Circus

```
T A B E R N A C U L U M O W
A T P Y L Y K J A G J A S L
J E E H G R J B A R H G T E
P T I A E Z D Y R P N U E O
T D X B A L L O O N S S N E
S I M I A N I M A L I A D K
A P J T P O M P A M P A E X
Z L E U E L E P H A N T I S
U G I C G V J T X G V Y X X
J T Q Q T G L P P I A M D L
M B G P U A L O X A L D A W
A C R O B A T E D O L U M B
M U S I C A M O R F W C X J
F S A P E K I H R T I G E R
```

ACROBAT
ANIMALIA
BALLOONS
HABITU
ELEPHANTIS
JUGGLER
LEO
MAGIA
MAGUS

SIMIA
MUSICA
POMPAM
OSTENDE
SPECTATOR
TABERNACULUM
ALIQUAM
TIGER
DOLUM

24 - Tools

```
M N M A L L E O R Q K L R Y
A A O S E C U R I S N Q H G
X X L V Y W W G Z Q Q Z D P
S C A L A M Y H E H G B O C
S P S N E C P R O T A O T Q
T L O C W U U R M A U R I S
U I L S V C S L I Z R F C J
P E I P S U M O A N U U W A
R R D R U T R U M V C N M O
A S I X G G U G L U T E N Q
O Q S A X I C I A F W M P U
H K P N O G V S J Z N E K S
Q Q U V Q W M N W N A L F D
G Z J R M Q F A C E M D D K
```

SECURIS
MAURIS
GLUTEN
MALLEUS
SCALAM
MALLEO
PLIERS
NOVACULA
FUNEM

PRINCEPS
AXICIA
STUPRA
RUTRUM
SOLIDIS
IPSUM
FACEM
ROTA

25 - Restaurant #2

```
L Q U W I D U F U R C A H S
C O C H L E A R I K A R Z U
W J P P E L L O K L T O H U
B V R V G E M I V R H M G V
L T A O U C Y A T A E A E P
R W N L M T F Y E P D T O K
Y B D V I A S A L I R A L Z
B F I Q N M M A S S A E Y H
S K U C A E N D E C A Q U A
J Y M H E N J L M E F M L L
K V W V Y T R F N S T E T X
Y Q Z F R U C T U S G W U N
R H X V I M Q T M M A C E L
G H C K A C Y H C A I E L X
```

MASSAE
CATHEDRA
DELECTAMENTUM
PRANDIUM
OVA
PISCES
FURCA
FRUCTUS

ICE
SEM
SAL
ELIT
AROMATA
COCHLEARI
LEGUMINA
AQUA

26 - Geology

```
S  D  B  F  H  A  X  I  A  C  I  D  U  M
E  T  F  V  U  C  W  L  U  O  B  P  D  H
X  X  O  U  K  C  K  V  B  R  L  Y  C  M
Y  F  E  N  N  U  F  Z  Q  A  S  A  L  D
C  F  N  S  E  M  O  Y  G  L  X  Q  K  M
G  O  U  R  A  S  S  P  L  A  T  E  A  U
E  A  N  U  S  A  S  P  E  C  U  S  E  U
Y  T  J  T  Z  N  I  C  A  L  C  I  U  M
S  A  G  R  I  V  L  Q  U  A  R  T  Z  J
E  X  U  M  I  N  E  R  A  L  I  B  U  S
R  Y  N  N  S  A  E  L  A  V  A  R  U  S
V  O  L  C  A  N  O  N  B  K  E  G  W  V
C  I  R  C  U  I  T  U  S  T  J  R  I  N
B  X  Q  S  T  A  L  A  C  T  I  T  E  B
```

ACIDUM	LAVA
CALCIUM	ACCUMSAN
SPECUS	MINERALIBUS
CONTINENS	PLATEAU
CORAL	QUARTZ
CIRCUITUS	SAL
EXESA	STALACTITE
FOSSILE	STONE
GEYSER	VOLCANO

27 - House

```
F  S  H  M  S  R  W  P  G  C  H  L  P  Z
S  U  W  J  C  R  R  E  A  L  A  R  E  A
S  P  I  M  B  E  R  L  R  A  T  V  S  I
P  E  L  D  H  Q  B  L  A  V  T  A  E  F
E  L  O  U  P  M  F  E  G  E  I  X  P  E
C  L  S  E  C  O  Y  S  E  S  C  H  E  N
U  E  T  D  G  E  N  I  S  T  A  E  M  E
L  C  I  X  D  T  R  C  H  O  R  T  U  S
U  T  U  F  O  C  O  N  L  O  C  U  S  T
M  I  M  M  B  V  V  G  A  O  I  T  S  R
B  L  L  I  B  R  A  R  Y  J  P  V  T  A
V  E  S  T  I  B  U  L  U  M  U  R  U  M
E  M  T  E  C  T  U  M  H  P  O  I  C  N
J  J  N  I  T  I  G  D  K  O  L  Z  O  J
```

ATTICA	CLAVES
GENISTAE	VESTIBULUM
PELLES	LUCERNA
OSTIUM	LIBRARY
SEPEM	SPECULUM
FOCO	TECTUM
AREA	LOCUS
SUPELLECTILEM	IMBER
GARAGE	MURUM
HORTUS	FENESTRA

28 - School #1

```
P  R  U  T  V  E  N  A  L  I  C  I  U  M
O  R  I  T  F  O  L  D  E  R  S  X  O  K
U  Y  A  P  N  A  L  R  Y  J  T  F  C  K
K  D  K  N  C  O  N  U  M  E  R  I  D  V
B  B  G  J  D  S  T  B  T  A  G  Q  D  Y
Z  A  A  A  M  I  C  I  S  P  R  C  I  T
C  A  L  A  M  I  U  H  D  B  A  A  S  Y
L  I  B  R  A  R  Y  M  U  I  P  T  C  F
C  H  A  R  T  A  H  E  Q  B  H  H  E  R
R  E  S  P  O  N  D  E  T  K  I  E  R  K
M  A  G  I  S  T  E  R  Y  E  U  D  E  U
I  W  P  I  N  J  J  A  L  L  M  R  E  L
A  L  P  H  A  B  E  T  I  I  S  A  S  Z
T  F  A  D  O  A  J  I  Q  T  H  J  E  H
```

ALPHABETI	PRANDIUM
RESPONDET	VENALICIUM
CATHEDRA	NUMERI
ELIT	CHARTA
VOLUTPAT	GRAPHIUM
FOLDERS	CALAMI
AMICIS	MAGISTER
LIBRARY	DISCERE

29 - Dance

```
C C R E X P R E S S I V U M
O L E X H V M P O I G D S V
R A C O A T C W C M I O V P
P S E K J L R C I G O J J L
U S N T V D Z A U P X T N O
S I S Z O T D L M L H G U O
V C E G W T R A D I T U M S
I A N R I B V V C P Q U E W
S L D A C A D E M I A E R L
U H U T I G U S O U T P O A
A K M I F U J K V O S U L E
L J Z A F F E C T U S I Z T
C H O R E O G R A P H Y C A
S T A T U R A M C T S S L A
```

ACADEMIAE
ES
CORPUS
CHOREOGRAPHY
CLASSICAL
CULTURA
AFFECTUS
EXPRESSIVUM
GRATIA

LAETA
MOTUS
MUSICA
SOCIUM
STATURAM
RECENSENDUM
NUMERO
TRADITUM
VISUAL

30 - Colors

```
V W I M B B C C O W P X G N
I H D M L S Y A N F R I P E
R T F F U T T E R B I H N G
I A D U E A Z R J P I S I K
D F S C T J N U J U R J G F
I A G H N G Y L N R K F R L
S L I S A R G U W P Z T U A
P B E I G E E S A U R U M V
L U C A U Y O D B R O W N U
D S R H O N C U S E F H G M
P C V P D K I K Y O R D R P
F J Q F U X Y D H A J A S G
Q F F W V R Q A O F M E W R
P J W A H Y A C I N T H U M
```

CAERULUS	GREY
BEIGE	RHONCUS
NIGRUM	PINK
BLUE	PURPURA
BROWN	RED
PURPUREO	HYACINTHUM
FUCHSIA	ALBUS
VIRIDIS	FLAVUM

31 - Climbing

```
S O O S A I N I U R I A M T
A T B E P L P W A C N A Z A
N M A C E D T Z U E Q R D B
G B T B R A B I Q G R L D E
U M N C I K I F T L N I I R
S A C O T L T O X U V W S N
T P A R U T I R R U D R C U
A O E P S Q Y T O Q D O I S
B R S O H I Y I A O U X P L
X G T R G I N T P T C O L A
T L U I Y T G U Y D E N I C
K J S S S R Z D N C S M N A
O G A L E A M O J C Z E A V
J L Q C U R I O S I T A S E
```

ALTITUDO
AERIS
TABERNUS
CAVE
CURIOSITAS
PERITUS
CAESTUS
DUCES

GALEAM
INIURIAM
MAP
ANGUSTA
CORPORIS
STABILITATEM
FORTITUDO
DISCIPLINA

32 - Shapes

```
C B P H E Q U K T H L P P C
S I A D Z X U G Y X I K O Y
P Z R H K G T A M K N V L L
U F T C K X R P D Q E E Y I
B P E S U V L Q A R A T G N
T G Y T X M O R A S A J O D
P Y R A M I D I S O R T N R
R E C T A N G U L U M S U O
A N G U L O F N S V W P M M
C V T V C F I R X Q Z H C C
R U F N G U W C O N I A O U
R L N D U P B H P A J E V R
P R I S M A K U V R N R A V
C I R C U L U S S C W A L A
```

ARC	OVAL
CIRCULUS	POLYGONUM
CONI	PRISMA
ANGULO	PYRAMIDIS
CUBUS	RECTANGULUM
CURVA	CIRCUM
CYLINDRO	PARTE
ORAS	SPHAERA
LINEA	QUADRATUM

33 - Scientific Disciplines

```
P  F  T  I  H  A  J  E  G  D  B  B  B  M
L  I  G  G  C  O  X  V  R  U  I  O  O  I
M  E  C  H  A  N  I  C  A  I  O  T  J  N
I  N  W  H  A  C  Q  H  M  S  C  A  E  E
T  M  E  B  E  K  C  D  M  M  H  N  P  R
J  R  M  U  A  M  J  Y  A  F  E  I  H  A
R  C  Q  U  R  L  I  G  T  V  M  C  Y  L
N  W  C  I  N  O  B  A  I  F  I  A  S  O
O  R  I  S  H  O  L  U  C  H  S  M  I  G
I  K  F  E  L  R  L  O  A  R  T  S  O  Y
Y  L  E  B  I  O  L  O  G  Y  R  D  L  O
A  N  A  T  O  M  I  A  G  Y  Y  L  O  Z
O  E  C  O  L  O  G  I  A  Y  H  I  G  O
S  O  C  I  O  L  O  G  I  A  E  V  Y  H
```

ANATOMIA
BIOCHEMISTRY
BIOLOGY
BOTANICAM
CHEMIA
OECOLOGIA
IMMUNOLOGY

GRAMMATICA
MECHANICA
MINERALOGY
NEUROLOGY
PHYSIOLOGY
DUIS
SOCIOLOGIAE

34 - School #2

```
C H A R T A P Q M K D G A V
L I T T E R I S A A I A C T
O S G Z G W M B N X C H A S
P C R C R K E W T I T U D U
E I A E A Z L I I C I F E C
R E M D P L W U C I O P M O
A N M U H D E U A A N L I M
T T A C I A E N N F A I C M
I I T A U M K L D P R B A E
O A I T M I E L E A Y R R A
N Y C I H C N U Y O R A B T
E B A O I I D D X O M R E U
S X O N G S S O I C A Y P S
B D C M A G I S T E R N U U
```

ACADEMICA
OPERATIONES
MANTICA
CALENDAR
EU
DICTIONARY
EDUCATION
DELEO
AMICIS
LUDOS

GRAMMATICA
LIBRARY
LITTERIS
CHARTA
GRAPHIUM
SCIENTIA
AXICIA
COMMEATUS
MAGISTER
WEEKENDS

35 - Science

```
P  Q  N  A  I  F  U  N  D  U  A  H  X  W
L  P  A  R  T  I  C  U  L  I  S  P  Y  A
A  N  T  T  V  O  M  L  X  C  D  R  U  M
N  Z  U  E  D  F  M  L  Y  E  A  A  G  V
T  K  R  O  G  K  Z  A  Y  A  T  E  O  U
I  K  A  E  G  E  H  T  J  Z  A  G  L  Z
S  S  C  I  E  N  T  I  S  T  C  R  P  I
M  O  L  E  C  U  L  I  S  F  L  E  V  F
O  H  G  R  A  V  I  T  A  T  I  S  R  O
D  P  H  Y  S  I  C  A  W  B  I  S  G  S
U  E  X  P  E  R  I  M  E  N  T  U  M  S
S  M  I  N  E  R  A  L  I  B  U  S  T  I
O  B  S  E  R  V  A  T  I  O  N  E  M  L
A  U  X  M  D  O  J  N  F  C  P  B  H  E
```

ATOM	NULLA
EGET	MODUS
CAELI	MINERALIBUS
DATA	MOLECULIS
PRAEGRESSUS	NATURA
EXPERIMENTUM	OBSERVATIONE
EO	PARTICULIS
FOSSILE	PHYSICA
GRAVITATIS	PLANTIS
RUM	SCIENTIST

36 - To Fill

```
D  P  S  T  U  J  L  K  C  E  U  U  F  Z
O  C  E  I  L  V  A  S  E  H  I  H  A  T
L  T  V  R  T  R  M  I  J  N  S  C  S  H
I  I  I  J  S  U  W  N  B  A  G  I  C  I
U  A  D  V  S  C  L  U  H  C  Q  N  I  T
M  O  U  F  J  Q  R  A  O  P  M  V  C  O
Y  P  L  K  X  O  A  I  K  M  C  O  U  Z
W  I  U  J  H  H  I  B  P  T  O  L  L  U
F  B  S  K  S  B  A  R  R  T  F  U  U  S
P  O  T  E  A  C  I  Y  P  C  O  C  S  X
I  M  U  L  I  H  T  D  S  Q  L  R  N  Q
L  A  B  R  U  M  V  A  S  Z  D  U  E  T
E  Y  E  E  I  Y  N  U  T  R  E  M  A  M
C  A  N  I  S  T  R  U  M  I  R  B  N  I
```

BAG	FOLDER
DOLIUM	FASCICULUS
LABRUM	SINU
CANISTRUM	VIDULUS
UTREM	TUBE
SITULA	VASE
PERSCRIPTOREM	VAS
INVOLUCRUM	

37 - Summer

```
H  M  R  D  A  F  E  F  V  Q  P  X  L  O
M  O  K  E  O  Y  N  O  C  C  D  J  J  C
E  O  R  Y  T  M  A  R  E  R  F  F  W  C
M  G  J  T  I  W  U  U  W  S  W  I  M  O
O  B  O  E  U  V  V  M  U  S  I  C  A  N
R  X  I  E  M  S  C  A  S  T  R  A  A  S
I  N  K  C  O  A  I  L  X  I  O  G  M  E
A  P  O  F  Y  N  B  D  T  A  J  B  I  Q
Y  Y  M  V  Q  D  U  B  E  A  C  H  C  U
T  Z  R  F  L  A  M  Y  S  R  O  S  I  A
L  U  D  O  S  L  L  C  G  F  A  O  S  T
B  B  L  T  F  I  F  A  M  I  L  I  A  L
E  V  B  L  H  A  G  A  U  D  I  U  M  V
I  U  T  R  A  V  E  L  Y  B  Y  B  K  Q
```

BEACH	GAUDIUM
CASTRA	OTIUM
CONSEQUAT	MEMORIA
FAMILIA	MUSICA
CIBUM	SANDALIA
AMICIS	MARE
LUDOS	SIDERA
HORTUS	TRAVEL
DOMUM	

38 - Clothes

```
N S W E A T E R I C M O S C
T U S N A C X E F I O H A H
I W L A C I N I A N R A N L
Y E P L H R Z E F G E T D A
T I B I A L I A S U Y B A M
X C M V B N J V H L I L L Y
B A Z C I Q E X I U J O I D
K R P C T E W C R M A U A E
D M A Z U F E A T O C S M M
D I J C O N L E G N K E P J
P L A S C H R S S I E B S S
N L M G V A Y T P L T Q C X
N A A P R C E U Z E C O A T
T M S P O T K S E M Q Y H O
```

CINGULUM   MONILE
BLOUSE   PAJAMAS
ARMILLAM   BRACCAE
COAT   SANDALIA
HABITU   CHLAMYDEM
MORE   SHIRT
CAESTUS   NULLA NEC
HAT   LACINIA
JACKET   TIBIALIA
JEWELRY   SWEATER

39 - Insects

```
Z Q U A O G P K M E B D C L
W W Y X E R H A N T E Y U A
A K O Q D I B P P T E S L D
S P Z U I L L I F I T G E Y
P D H T X L A S O X L O X B
X R C I G U T R G P E I S U
T A E N D S T V N K V G O G
E G P E C V A V E R M I S A
R O H A G I M A N T I S D Y
M N V U X I C S A R E O G F
I F O P M I J A S T F M N F
T L A O H P M Z D H F O S G
E Y Y P E L H C G A L J O C
U T E R U S L O C U S T A D
```

ANT	LADYBUG
APHID	UTERUS
APIS	LOCUSTA
BEETLE	MANTIS
PAPILIO	CULEX
CICADA	TINEA
BLATTAM	TERMITE
DRAGONFLY	WASP
GRILLUS	VERMIS

40 - Astronomy

```
E O B S E R V A T O R I U M
Z R Z O D I A C C H Z G Z F
Y R U Z S S V J J E L U N A
N A C C G A S T R O N A U T
A D A O A S T E R O I D E M
S I E S F S S E V H G L G M
T A L M K L I D L F V B A E
R L U O U J N D A L Y E L T
O I M S C K U U U O E X A E
L S P L A N E T A S N S X O
O E C L I P S I S D W H I R
G T E R R A N E B U L A A O
U A E Q U I N O C T I U M N
S S U P E R N O V A P Q D N
```

ASTEROIDEM   LUNA
ASTRONAUT   NEBULA
ASTROLOGUS   OBSERVATORIUM
SIDUS   PLANETA
COSMOS   RADIALIS
TERRA   ERUCA
ECLIPSIS   SATELLES
AEQUINOCTIUM   CAELUM
GALAXIA   SUPERNOVA
METEORON   ZODIAC

41 - Pirates

```
N D M P E R I C U L U M L P
H E A A X J C A N T A V I T
O C P P L P S I T T A C U S
W I K K S U A N C H O R Z C
A M C M G Y M S M L I V Q O
C A A U R U M U V E V G V I
A K S B A D P L B G G R X N
P B U O M Y E A H E L F D S
T Y S I T C A V E N A O H M
A V E X I L L U M D D C X N
I R U M C I C A T R I X H C
N T H E S A U R U S U N T M
K I K Q G Y B I I I M Z N M
J U F V U L U P D B D D P O
```

CASUS
ANCHOR
MALUM
BEACH
CAPTAIN
CAVE
COINS
DECIMA
CANTAVIT
PERICULUM

VEXILLUM
AURUM
INSULA
LEGEND
MAP
PSITTACUS
RUM
CICATRIX
GLADIUM
THESAURUS

42 - Time

```
N R E T T Q P C A N T E Q V
U X V A T I V X N P H H X K
N D I E Y J P N N Q H O R A
C D C S H N M F U T U R U M
D E S E P T I M A N A O H M
O C P G P U N O C T E L E E
N E A C D C U S G Q K O R B
N N N L W R T M A N E G I P
D N N M E R I D I E S I K H
T I O K R N S M X Q N U V O
L U G L T N D U U P K M O D
H M T N R D Q A L F B M W I
K C E N T U R Y R L O Y O E
Z B T Y E M E N S E I V K X
```

ANNUA	MENSE
ANTE	MANE
CALENDAR	NOCTE
CENTURY	MERIDIES
HOROLOGIUM	NUNC
DIE	MOX
DECENNIUM	HODIE
FUTURUM	SEPTIMANA
HORA	ANNO
MINUTIS	HERI

43 - Buildings

```
C G D H L K Z F O R U M L T
D U I S B S T N H C W Q E A
R M M U T S C H O L A W G B
B O N M U S E U M A N K A E
F L N L R N U L L A X F T R
T K D X R H O R R E U M I N
H O S P I C I O N Y T C O A
N C A S Z Z D N C H P N C
T P F A C T O R Y J E M E U
P J I M J S A P A F A R M L
V X Q E E W L D D E T H N U
W J U R E T Y B I S R H H M
Z D E A H O T E L U U S Y H
H L S M C A S T R U M P Q D
```

DUIS	NULLA
HORREUM	MUSEUM
CAMERAM	SCHOLA
CASTRUM	STADIUM
LEGATIONEM	FORUM
FACTORY	TABERNACULUM
FARM	THEATRUM
HOSPICIO	TURRIS
HOTEL	

44 - Herbalism

```
C P E T R O S E L I N U M K
C C V U A R O M A T I C U M
H R X Q L I J I H T O I C T
V L A M L G H N P V S N U A
I C A S I A O T L R A G L R
Y N W J U N R T A O P R I R
L G D A M I T M N S O E N A
B A S I L I U S T M R D A G
F J O R E C S F A A E I R O
E M U U G T R L Z R M E Y N
E Y T G V B I O E I A N L F
C V I R I D I S C N O S C N
V V L O R I G A N U M O Z M
F A E N I C U L I S S Y Y S
```

AROMATICUM	INGREDIENS
BASILIUS	CASIA
UTILE	ORIGANI
CULINARY	MINT
FAENICULI	ORIGANUM
SAPOREM	PETROSELINUM
FLOS	PLANTA
HORTUS	ROSMARINUS
ALLIUM	CROCUS
VIRIDIS	TARRAGON

45 - Toys

```
I  R  V  V  U  Q  T  N  A  V  I  P  G  I
A  D  V  U  R  J  K  A  L  R  O  W  J  M
U  S  K  T  I  C  I  I  U  O  T  T  L  A
C  C  P  K  K  Y  W  P  T  B  Y  E  M  G
C  O  M  I  T  A  T  U  U  O  M  V  S  I
F  Q  H  D  L  L  U  Z  M  T  P  E  W  N
L  U  D  O  S  A  A  Z  T  W  A  N  C  A
K  K  J  L  H  E  S  L  X  B  N  T  A  T
M  F  W  O  G  G  P  E  H  D  A  U  R  I
I  W  N  R  E  W  P  C  J  E  Y  S  R  O
L  A  T  R  U  N  C  U  L  O  R  U  M  O
V  I  V  A  M  U  S  H  P  U  P  A  P  G
U  Z  R  K  Z  O  N  P  L  V  W  J  R  J
S  X  Z  M  X  L  L  Y  E  T  K  C  G  Y
```

VIVAMUS	VENTUS
PILA	LUDOS
NAVI	IMAGINATIO
CAR	MILVUS
LATRUNCULORUM	PUZZLE
LUTUM	ROBOT
ARTES	COMITATU
PUPA	DOLOR
TYMPANA	

46 - Vehicles

```
V  V  E  C  C  O  M  I  T  A  T  U  M  S
R  I  D  O  L  O  R  P  S  F  N  Y  K  U
E  A  V  P  O  R  T  T  I  T  O  R  U  B
N  M  T  A  X  I  V  T  L  Q  Q  J  C  W
G  B  H  I  M  O  T  O  R  K  H  N  B  A
I  U  E  T  S  U  B  M  A  R  I  N  E  Y
N  L  L  X  I  J  S  D  V  T  I  A  E  Q
E  A  I  G  F  R  D  R  C  F  X  V  R  V
O  N  C  X  N  F  E  S  A  K  Q  I  U  H
S  C  O  O  T  E  R  S  R  I  Q  U  C  K
G  E  P  C  O  M  I  T  A  T  U  K  A  O
J  D  T  R  A  C  T  O  R  D  Q  Y  J  U
U  J  E  I  Q  V  L  X  Y  N  L  P  C  P
C  V  R  X  S  X  A  M  Q  J  O  U  P  C
```

VIVAMUS	ERUCA
AMBULANCE	SCOOTER
NAVI	SUBMARINE
CAR	SUBWAY
COMITATUM	TAXI
ENGINE	TIRES
PORTTITOR	TRACTOR
HELICOPTER	COMITATU
MOTOR	DOLOR
RATIS	

47 - Flowers

```
L H Q V C N P L U M E R I A
N I D O A T A R A X A C U M
G A Y U S U P O X Q G U K X
X A R I I E A R F M L E I L
I G R C A Z V C V L A V X Y
I S Q D I A E H J R O S A M
U R B D E S R I R H P S L A
G A R Q R N S D H I H S I G
U E I T B Q I U I B O L L N
T N A O O D C A S I T H I O
H E L I A N T H U S I H U L
D A I S Y J N Z E C S L M I
C N V G P E T A L O R U M A
P A S S I O N F L O W E R O
```

FLOS	MAGNOLIA
NARCISSUS	ORCHID
DAISY	PASSIONFLOWER
TARAXACUM	AGLAOPHOTIS
GARDENIA	PETALORUM
HIBISCO	PLUMERIA
AENEAN	PAPAVER
CASIA	ROSA
LILIUM	HELIANTHUS

48 - Town

```
P O G Z F X F S E B E L K S
R Q V R O W L C X O F P H W
U S T O R E O H O O F S O I
V N T F U L R O I K L S T J
D H I A M I I L M S A M E T
H I Y V D T S A U T F Y L H
D P T O E I T H S O N R I E
P B D V G R U I E R X N B A
B P I J E X S M U E N F R T
N C V A T Q U I M R A L A R
G A L L E R Y X T W I X R U
J S O C E J X Q N Y B P Y M
E U P I S T R I N U M P A H
W K Y L H I H H X Y E L I M
```

ELIT	MUSEUM
PISTRINUM	ATQUI
RIPAM	AMET
BOOKSTORE	SCHOLA
CASU	STADIUM
EGET	STORE
FLORIST	FORUM
GALLERY	THEATRUM
HOTEL	UNIVERSITY
LIBRARY	EXO

49 - Antarctica

```
A  N  U  B  E  S  P  F  N  A  I  M  T  S
E  V  G  A  Q  U  A  I  M  M  N  I  O  C
X  P  E  Y  T  O  R  T  O  R  Q  N  P  I
P  E  O  S  P  A  W  F  M  Q  U  E  O  E
E  N  G  O  P  F  R  L  C  Y  I  R  G  N
D  I  R  H  R  E  O  B  D  S  S  A  R  T
I  N  A  H  V  U  C  F  T  R  I  L  A  I
T  S  P  Q  G  I  K  I  B  R  T  I  P  F
I  U  H  B  I  M  Y  C  E  T  O  B  H  I
O  L  I  C  E  T  E  E  R  S  R  U  I  C
N  A  A  I  N  S  U  L  A  E  E  S  A  O
E  P  W  E  N  V  I  R  O  N  M  E  N  T
M  I  G  R  A  T  I  O  T  O  B  F  U  A
C  O  N  T  I  N  E  N  S  Q  Y  E  C  S
```

BAY	MINERALIBUS
AVES	PENINSULA
NUBES	INQUISITOREM
CONTINENS	ROCKY
ENVIRONMENT	SCIENTIFIC
EXPEDITIONE	SPECIES
GEOGRAPHIA	TORTOR
ICE	TOPOGRAPHIA
INSULAE	AQUA
MIGRATIO	CETE

50 - Ballet

```
M R H A F C O G L N W M I A
U S U R I H R K E H C U O U
S Q K S L O C C S S F S I D
I F B K S R H E M T T C N I
C C S I C E E Y M W Y U U T
A C O M P O S I T O R L M O
S O L O A G T P T M B I E R
G J P X R R R J A L F Y R E
H M P O T A A U R M F H O S
O N A I I P D E C O R U M U
R S F T S H R L U A D T E J
V S E E W Y B M N N R Y Q Q
I N T E N S I O N E M T W D
E X P R E S S I V U M K E Z
```

ARTIS
AUDITORES
CHOREOGRAPHY
COMPOSITOR
EXPRESSIVUM
GESTU
DECORUM
INTENSIONEM
MUSCULI

MUSICA
ORCHESTRA
USU
NUMERO
ARTE
SOLO
STYLE
ARS

51 - Human Body

```
X M X H N P M L N X Y G O M
M A X I L L A C H Y M J G Q
A X U D F J C T L Q E J E B
N M D R I C U Y C C N S S J
U O N M I G B Y O R T T C D
U R K S Z S I Y L U U A A V
I G U M N Q T T L S M R P D
W U V G E N U C U T I S U O
Q K A P C S S F M S Q O T W
C E R E B R U M O O R R P U
O V O N A R I B U S E E G R
R S A N G U I N E M Y L X S
S O S J H U M E R U M O V O
K R F A C I E M M U R V R P
```

TARSO   CAPUT
SANGUINEM   COR
OSSA   MAXILLA
CEREBRUM   GENU
MENTUM   CRUS
AURIS   ORE
CUBITUS   COLLUM
FACIEM   NARIBUS
DIGITUS   HUMERUM
MANU   CUTIS

52 - Musical Instruments

```
U Z B T U B A Y I D J P J O
D I E X S A X O P H O N E M
T Y M P A N U M Z S J Y H S
T I B I A J P I A N O Z I X
R C E L L O G L T I B I A E
O B A S S O O N E S I V T C
M M V O K R N N U N Q C I I
B A I N O A G K X E I I A T
O N T A H A R M O N I C A H
N D A T Y D F V U F N H T A
E O E A P E R C U S S U S R
F L O U D U F Z Q Z J X Y A
G I B T N R V O Z D C D E S
C N G Z P V J V O O D E R P
```

BANJO	MANDOLIN
BASSOON	SONATA
CELLO	PERCUSSUS
PLENI	PIANO
TIBIAE	SAXOPHONE
TIBIA	TYMPANUM
GONG	TROMBONE
HARMONICA	TUBA
CITHARA	VITAE

53 - Fruit

```
B  K  G  N  U  T  J  V  B  E  R  R  Y  C
R  U  B  U  S  I  D  A  E  U  S  H  K  U
C  C  E  R  A  S  U  S  A  P  G  O  K  C
P  F  Q  V  J  Z  V  X  N  G  L  N  I  U
P  I  N  E  C  T  A  R  I  N  E  C  W  M
I  C  R  T  P  G  L  A  L  B  M  U  I  I
N  U  V  U  G  Z  K  R  V  U  O  S  V  S
E  S  M  P  M  A  N  G  O  O  N  G  O  B
A  P  Z  N  C  P  E  R  S  I  C  U  M  D
P  B  A  A  G  P  T  L  T  D  Z  A  E  O
P  S  D  P  N  L  I  D  T  B  O  V  D  L
L  R  C  L  A  E  A  I  B  N  R  A  V  O
E  A  F  P  F  Y  M  R  O  U  I  A  N  R
E  J  C  W  L  O  A  B  X  M  N  H  S  V
```

APPLE	LEMON
AVOCADO	MANGO
BERRY	CUCUMIS
ETIAM	NECTARINE
CERASUS	RHONCUS
DOLOR	PAPAYA
FICUS	PERSICUM
UVA	PIRUM
GUAVA	PINEAPPLE
KIWI	RUBUS IDAEUS

54 - Virtues #1

```
L I C K B D P M R T U G Z P
I N U Y E Z A O L Y C I K R
B T R D N X T D X C E R T A
E E I E E M I E B I F A S C
R L O C V V E S O J F C A T
A L S R O K N T N A I U P I
L I U E L N S U U R C N I C
I G S T E Y F S M T I D E A
S E P O N S E I E I E U N N
G N Y R S V T W D S N S S D
A S C I C O B Z Y I S C N K
O C M U N D U S H F T E O J
C Q I M P P V E N U S T U S
I N D E P E N D E N S B I M
```

ARTIS	BENEVOLENS
VENUSTUS	INDEPENDENS
MUNDUS	INTELLIGENS
CONFIDIT	MODESTUS
CURIOSUS	IRACUNDUS
DECRETORIUM	PATIENS
EFFICIENS	PRACTICA
LIBERALIS	CERTA
BONUM	SAPIENS

55 - Kitchen

```
P G F N M H S Z Q S L S F C
C O O V I Y I P D F F U J R
R A C M X D R H O P I D Z A
A R L U Y R F A L N C A A T
T O I C L I C U T Y G R L E
I M B O S A H R R K U I M R
C A A N C W O I I R V O A I
U T N S Y N P A D Z Q B U W
L A O E P R S T E L E O R J
A A U Q H E T U N E D H I F
M B J U O X I R T B A E S V
U F U A S D C Q E E V O M P
P S S T Y J K Q S T N Y K A
C I B U M E S R L E W H P Q
```

CRATER   HAURIATUR
CHOPSTICKS   SUDARIO
POCULA   CLIBANO
CIBUM   CONSEQUAT
TRIDENTES   LEO
MAURIS   AROMATA
CRATICULAM   SPONGIA
HYDRIA   SCYPHOS
LEBETE

56 - Art Supplies

```
O  P  M  N  I  C  O  G  D  E  L  E  O  P
U  T  E  D  M  A  L  L  O  V  A  F  T  E
R  B  I  R  E  T  E  U  N  W  U  P  V  N
L  D  T  U  T  H  U  T  E  I  Y  N  R  I
S  R  X  N  M  E  M  E  C  Z  V  T  I  C
N  P  R  L  A  D  R  N  G  G  C  Q  H  I
A  P  B  Y  K  R  B  G  R  P  L  Y  C  L
G  J  X  U  A  A  J  R  E  L  D  R  O  L
C  C  H  A  R  T  A  L  U  T  U  M  L  I
A  T  R  A  M  E  N  T  U  M  I  Z  O  I
M  E  N  S  A  M  E  X  C  A  M  E  R  A
Q  S  U  C  Q  Q  C  A  R  B  O  N  E  S
P  N  Q  J  Y  P  U  E  K  C  O  H  S  M
O  P  G  L  O  S  S  A  R  I  U  M  P  B
```

DONEC	DELEO
PERTERGET	GLUTEN
CAMERA	ATRAMENTUM
CATHEDRA	OLEUM
CARBONES	CHARTA
LUTUM	PENICILLI
COLORES	MENSAM
GLOSSARIUM	AQUA
OTIUM	

57 - Science Fiction

```
U  V  I  Y  L  Y  M  C  C  C  U  T  Y  F
T  R  N  X  X  R  U  H  O  R  E  K  I  U
O  P  W  U  N  H  N  E  N  E  N  H  M  T
P  Z  D  G  L  P  D  M  S  P  O  E  A  U
I  E  Y  Q  G  L  I  I  C  I  R  V  G  R
A  X  S  U  A  A  A  C  R  T  A  B  I  I
R  T  T  Z  L  N  V  A  I  U  C  I  N  S
C  R  O  G  A  E  N  L  P  S  U  L  A  T
A  E  P  M  X  T  A  S  S  H  L  L  R  I
N  M  I  I  I  A  H  G  E  J  U  U  I  C
U  A  A  N  A  C  H  P  R  O  M  S  A  R
M  T  O  T  X  U  U  V  I  G  N  I  S  R
D  I  S  T  A  N  T  S  T  X  X  O  F  P
S  T  T  S  U  S  P  E  N  D  I  S  S  E
```

ATOMICUS
CHEMICALS
DISTANT
DYSTOPIA
CREPITUS
EXTREMA
SUSPENDISSE
IGNIS
FUTURISTIC
GALAXIA

ILLUSIO
IMAGINARIA
ARCANUM
CONSCRIPSERIT
ORACULUM
PLANETA
NULLA
UTOPIA
MUNDI

58 - Kindness

```
U J Q X N Q A Q V B M W V T
A Q E H L O M N E Q F W A Z
R B A E K E A E C G K R M Z
E E N N H T R B N Q S Q E H
V A C U O T E K P R J B T U
E T E E S U Z P A T I E N S
R U R A P E B C B X N N T E
E S T M I T N E M C F A L W
N M A I T L I B E R A L I S
T D X C A V T V E R U M A M
I H Y A L N X N A U G D T K
O W R M E I N T E N D E K L
R M Z K M M I T I S J L T I
B E N E V O L E N S A X U W
```

INTENDE	AMET
AMICA	HOSPITALEM
LIBERALIS	AMARE
MITIS	PATIENS
VERUM	RECEPTIVA
BEATUS	CERTA
BENEVOLENS	REVERENTIOR

59 - Airplanes

```
C C O N S E C T E T U E R C
A O C B A S N I R W D A D A
N N A H N C J G Y C O D R S
T S E I F A E R I S C E E U
A T L S A M C S E N E S V S
V R U T L F R K L T E C E P
I U M O T E S T H P J E R O
T C R R I B A L L O O N S R
P T Q I T P R I Z A E S U T
B I Q A U S P L M E U U S U
C O Y O D Q X R V R H S S M
Y N K K O I N F L A M U S U
V E G U B E R N A T O R E L
T R A N S E U N T E H N S W
```

CASUS	ESCA
AER	ALTITUDO
AERIS	HISTORIA
BALLOON	CONSECTETUER
CONSTRUCTIONE	INFLAMUS
CANTAVIT	PORTUM
DESCENSUS	TRANSEUNTE
VERSUS	GUBERNATOR
ENGINE	CAELUM

60 - Ocean

```
S F C V Z E A E S T U S B I
I T J A E D J E H U I F A P
C I Y Z N J H C A R U L L I
F K V P D C E Z R T B U E S
O S T R E A E L K U M C N C
S Q U I L L A R L R X T A E
Z M L F P W P O L Y P U S S
R E E F H P A S W K F S M O
E Z A N I D L S H Q V I N B
L M S C N M G O A C H M S M
X E Y W I R A A M G O J S H
A N G U I L L A L G L R Q P
F R I T E M P E S T A S A L
T U N A S P O N G I A E P L
```

CORAL	ALGA
CANCER	SHARK
DELPHINI	SQUILLA
ANGUILLA	SPONGIA
PISCES	TEMPESTAS
JELLYFISH	AESTUS
POLYPUS	TUNA
OSTREA	TURTUR
REEF	FLUCTUS
SAL	BALENA

61 - Birds

```
F  P  A  S  S  E  R  B  C  E  T  G  A  S
P  L  N  Z  O  H  E  R  O  N  O  U  N  T
Q  J  A  P  C  X  B  V  L  Z  U  L  S  R
U  B  T  M  U  U  L  G  U  K  C  L  E  U
B  K  I  C  I  L  Z  H  M  C  A  B  R  T
P  V  S  I  N  N  L  I  B  O  N  H  E  H
N  W  J  D  H  L  G  U  A  R  V  P  M  I
P  E  L  I  C  A  N  O  M  V  A  U  V  O
P  S  I  T  T  A  C  U  S  U  Q  R  M  N
O  X  G  L  L  E  J  Q  U  S  U  S  Q  E
C  U  C  U  C  K  O  O  P  R  I  W  S  M
R  K  X  J  B  H  P  G  A  U  L  A  W  E
C  I  C  O  N  I  A  G  V  E  A  N  B  I
W  E  O  B  Y  N  G  A  O  F  U  V  O  N
```

GA	GULL
PULLUM	HERON
CORVUS	STRUTHIONEM
CUCKOO	PSITTACUS
COLUMBA	PAVO
ANATIS	PELICAN
AQUILA	PASSER
OVUM	CICONIA
FLAMINGO	SWAN
ANSEREM	TOUCAN

62 - Art

```
C S P S U R R E A L I S M C
A U I O W B Z D V M H N F M
R B C G S G Q I C C E C E R
M I T E N Z A L I O Y T E M
I E U X V U C O M P L E X U
N C R P V F M L A P F X L U
A T A R C O M P O S I T I O
G U E E O R O E X V G E B M
P M Z S F I O R P O U L A E
J S Y S C G D T Y Y R L O S
A I F I D I T R L B A U M N
J C T O Q N A A P E M S E Q
F L O N I A M H V I S U A L
E X G N W L G E Y T R D C Z
```

TELLUS   PICTURAE
COMPLEXU   ALIO
COMPOSITIO   CARMINA
EXPRESSIO   PERTRAHE
FIGURA   SUBIECTUM
AMET   SURREALISM
MOOD   SIGNUM
ORIGINAL   VISUAL

63 - Autumn

```
A V W G I U U N M F I E S N
P D C A E L I A I U G Q E Z
O F I C G L D T G X N X Y Q
M F J P I R U U R M E X Q H
A E U F I B T R A G S S F O
U S N K Z S T A T I C W N C
H T Y S M I C R I E H T U Y
X U F Y E I Q I O T Y Q G Q
K M B X A S J T N W X Q B K
O R C H A R D W Q G S Y J M
F R U G I B U S E S U E Z T
A E Q U I N O C T I U M L A
E G P R C A S T A N E A E Z
T E M P E S T A S R E E V N
```

FRUGIBUS,	GELU
POMA	MIGRATIO
CASTANEAE	MENSES
CAELI	NATURA
AEQUINOCTIUM	ORCHARD
FESTUM	ADIPISCING
IGNES	TEMPESTAS

64 - Nutrition

```
E  W  N  S  W  S  L  S  W  A  M  A  R  A
F  V  A  F  S  E  H  A  B  I  T  U  S  P
C  I  B  U  S  R  E  P  P  P  C  C  A  P
O  T  F  Q  F  V  G  O  O  S  T  O  D  E
N  A  L  E  U  O  Y  R  N  A  G  N  I  T
D  M  X  I  R  A  Z  E  D  N  S  C  P  I
I  I  T  N  B  M  L  M  U  U  Z  O  I  T
M  N  O  C  K  R  E  I  S  S  R  C  S  U
E  U  D  I  E  T  A  N  T  K  X  T  C  S
N  M  D  G  G  I  X  T  T  A  N  I  I  V
T  S  E  D  U  L  I  S  U  U  S  O  N  F
U  M  T  Q  I  S  P  J  X  M  M  N  G  M
M  T  O  X  I  N  S  A  L  U  T  E  M  V
B  Y  J  E  N  T  F  A  R  B  R  M  E  G
```

APPETITUS
LIBRATUM
AMARA
ADIPISCING
DIET
CONCOCTIONEM
EDULIS
FERMENTUM
SAPOREM
HABITUS

SALUTEM
SANUS
CIBUS
SERVO
QUALITAS
CONDIMENTUM
TOXIN
VITAMINUM
PONDUS

65 - Hiking

```
T  T  E  Y  K  O  M  O  N  T  E  M  L  O
T  E  M  P  E  S  T  A  S  W  M  L  Z  Q
I  L  A  A  N  A  I  I  P  R  Y  A  E  F
T  A  B  E  R  N  U  S  X  N  X  P  U  I
C  S  Q  O  R  I  E  N  T  A  T  I  O  N
U  S  D  U  H  M  D  N  H  E  Q  D  N  C
L  U  V  A  A  C  U  L  X  C  E  A  A
M  S  N  I  N  L  E  V  C  S  N  S  T  E
E  O  Y  F  S  I  R  N  A  E  T  O  U  L
N  E  J  E  F  A  L  L  S  Y  S  L  R  I
T  P  A  R  C  I  S  I  T  A  B  B  A  D
Y  G  R  A  V  I  S  K  R  Z  V  E  Z  I
M  T  J  X  Y  U  I  S  A  M  L  S  E  O
P  R  A  E  P  A  R  A  T  I  O  A  M  A
```

ANIMALIA	PARCIS
TABERNUS	PRAEPARATIO
CASTRA	LAPIDES
CAELI	CULMEN
DUCES	SOL
GRAVIS	LASSUS
MAP	AQUA
MONTEM	TEMPESTAS
NATURA	FERA
ORIENTATION	

66 - Professions #1

```
L  X  V  N  P  F  E  A  S  A  R  T  O  R
V  E  J  E  A  O  D  M  P  A  C  G  H  A
A  M  G  H  S  U  I  F  S  A  A  E  P  E
S  E  Z  A  O  C  T  W  Y  K  R  O  L  D
T  D  O  L  T  N  O  A  C  V  T  L  U  A
R  I  R  E  K  U  R  K  H  E  O  O  M  C
O  C  I  T  J  T  S  S  O  N  G  G  B  J
L  U  K  M  V  R  R  C  L  A  R  I  A  E
O  S  N  E  I  I  E  X  O  T  A  S  R  W
G  S  V  E  A  X  M  Z  G  O  P  T  I  E
U  F  P  Z  T  E  I  N  I  R  H  W  U  L
S  A  L  T  A  T  O  R  S  I  E  O  S  E
M  U  S  I  C  U  S  W  T  R  R  P  N  R
A  T  T  O  R  N  A  T  U  M  S  S  M  G
```

LEGATUS	VENATOR
ASTROLOGUS	JEWELER
ATTORNATUM	MUSICUS
REMI	NUTRIX
CARTOGRAPHER	THE
RAEDA	PLUMBARIUS
SALTATOR	PSYCHOLOGIST
MEDICUS	NAUTA
EDITOR	SARTOR
GEOLOGIST	

67 - Dinosaurs

```
M P R E P T I L E E K M P K
C O R M O K P S J Z P I R H
A M J A T E R R A L I S E A
U N O G E M M A M M O T H I
D I A N N G E B N H X M I N
A V C I S I R U U R W P S G
B O P T S Q F E C F D B T E
L R D U K P C G S E C N O N
A E Q D D K E U A S K Y R S
T W S I D W D C L E U U I O
I C Z N W U A H I G F S C O
O G K E M A G N A E U V V X
N H E R B I V O R E S T B Z
E E G J V I T I O S U S Z S
```

ABLATIONE
TERRA
INGENS
PRAEGRESSUS
HERBIVORE
MAGNA
MAMMOTH
OMNIVORE

POTENS
PREHISTORIC
REPTILE
MAGNITUDINE
SPECIES
CAUDA
VITIOSUS
ALIS

68 - Barbecues

```
C M Q M P R A N D I U M T X
R G Z S O N M Y P Q C X G E
A C S G T A I A N U A Y B W
T B N D E Q C Y F I L I I V
I C V W N T I F A M I L I A
C O I H T L S C M U D B U O
U V H B I M A S E S U Q C M
L F E D U P L R S I M Z X U
A S R Q M M G G X C K Q R J
M T D U Q A E S T A T E W K
G I A Z C L U D O S H H M D
C V C J N T R I D E N T E S
J A U W J S U C E P E B N F
T O M A T O E S J Q L I H H
```

PULLUM	CRATICULAM
FILII	CALIDUM
PRANDIUM	FAMES
FAMILIA	MUSICA
CIBUM	CEPE
TRIDENTES	POTENTI
AMICIS	SAL
FRUCTUS	AESTATE
LUDOS	TOMATOES

69 - Surfing

```
A  Q  D  C  S  S  C  O  L  L  F  L  C  W
S  M  S  G  I  T  Q  C  I  S  O  Q  E  H
G  T  I  E  Q  Y  N  E  X  W  R  A  L  E
E  X  O  N  O  L  D  A  R  F  T  T  E  M
T  V  S  M  C  E  K  N  E  O  I  H  R  P
U  N  D  A  A  E  N  U  M  R  T  L  I  M
R  E  I  J  Y  C  P  M  U  T  U  E  T  S
B  E  A  C  H  Y  H  T  S  I  D  T  A  P
A  B  E  R  S  L  P  U  O  S  O  A  T  U
S  E  P  F  I  J  Y  C  M  S  B  V  E  M
P  O  P  U  L  A  R  I  S  I  E  E  B  A
I  E  X  T  R  E  M  A  J  M  B  P  T  Q
T  E  M  P  E  S  T  A  S  U  D  V  Z  Z
K  E  X  Y  D  D  V  H  Z  S  I  G  K  F
```

ATHLETA	POPULARIS
BEACH	REEF
INCEPTOS	CELERITATE
FORTISSIMUS	STOMACHUM
TURBAS	FORTITUDO
EXTREMA	STYLE
SPUMA	UNDA
OCEANUM	TEMPESTAS
REMUS	

70 - Chocolate

```
I  N  G  R  E  D  I  E  N  S  Y  A  E  D
A  P  P  E  T  I  T  U  S  V  C  R  K  L
W  P  E  V  E  N  T  U  S  J  D  T  U  A
S  Y  X  E  K  P  U  L  V  E  R  I  S  M
S  L  O  N  S  U  G  A  R  J  J  S  C  A
A  N  T  I  O  X  I  D  A  N  T  A  O  R
P  D  I  Q  G  K  B  I  O  D  B  N  N  A
O  U  C  U  U  T  S  P  W  L  I  A  S  U
R  L  R  A  S  S  V  I  I  Z  O  L  E  I
E  C  M  L  T  P  K  S  B  F  T  R  Q  U
M  I  L  I  U  P  S  C  F  S  X  V  U  P
D  S  P  T  S  E  L  I  V  I  X  F  A  D
F  V  I  A  U  R  K  N  Y  M  S  B  T  W
T  K  K  S  A  X  O  G  U  A  D  L  A  I
```

ANTIOXIDANT	SAPOREM
ARTISANAL	INGREDIENS
AMARA	PULVERIS
ADIPISCING	QUALITAS
DOLOR	CONSEQUAT
APPETITUS	SUGAR
EXOTIC	DULCIS
VENTUS	GUSTUS

71 - Vegetables

```
J  I  Q  M  S  P  F  H  W  C  J  R  T  A
I  B  Y  C  A  C  T  U  S  E  M  A  J  L
P  A  R  U  Y  P  M  Z  H  P  G  P  H  L
D  A  U  C  U  S  F  O  A  A  I  A  G  I
M  P  T  U  B  N  D  C  L  A  N  N  L  U
I  I  L  M  B  R  M  J  L  Y  G  Z  P  M
R  U  D  I  I  A  A  N  O  L  I  V  A  E
R  M  S  S  F  L  J  S  T  U  B  E  S  G
P  I  S  U  M  J  J  Q  S  Y  E  S  P  G
F  U  N  G  O  R  U  M  G  I  R  O  I  P
C  U  C  U  R  B  I  T  A  Q  C  C  N  L
R  A  D  I  C  U  L  A  N  F  T  A  A  A
P  E  T  R  O  S  E  L  I  N  U  M  C  N
Q  U  A  L  G  E  N  T  E  M  B  D  H  T
```

CACTUS	OLIVAE
ALGENTEM	CEPA
DAUCUS	PETROSELINUM
BRASSICA	PISUM
APIUM	CUCURBITA
CUCUMIS	RADICULA
EGGPLANT	SEM
ALLIUM	SHALLOT
GINGIBER	SPINACH
FUNGORUM	RAPA

72 - Boats

```
Y  V  U  B  O  M  G  M  C  S  D  G  A  P
I  B  G  I  L  T  L  N  P  Q  O  R  O  O
X  U  X  J  D  A  G  F  L  U  M  E  N  R
G  E  V  O  C  E  A  N  U  M  T  G  L  T
F  L  U  C  T  U  S  L  I  N  T  E  R  T
V  L  U  O  K  N  L  U  O  A  E  M  C  I
K  K  A  Y  A  K  E  L  K  U  N  M  A  T
P  M  N  C  R  X  Y  Y  B  T  G  N  N  O
S  A  C  N  U  A  A  S  P  I  I  A  T  R
E  R  H  A  E  S  T  U  S  C  N  U  A  W
V  E  O  V  D  Q  F  I  C  I  E  T  V  G
W  V  R  I  H  V  E  U  S  S  F  A  I  Y
V  A  R  S  U  S  T  I  N  E  O  R  T  Z
Y  A  C  H  T  P  U  S  O  E  B  T  Q  J
```

ANCHOR	OCEANUM
SUSTINEO	RATIS
LINTER	FLUMEN
CANTAVIT	FUNEM
GREGEM	NAVIS
ENGINE	NAUTA
PORTTITOR	MARE
KAYAK	AESTUS
LACUS	FLUCTUS
NAUTICIS	YACHT

73 - Activities and Leisure

```
B A S E B A L L B A D A K K
B O X I N G A R D E N I N G
Z B P E T R G N M J E P S X
G J R W S R Z S N X T I U R
U U F N A T A N T E S S P D
E B G F T U Q V D T X C E T
P I C T U R A M E T M A R O
Z O H C G Y I G O L F N F H
B C R A W L M S Q R P D I O
C O N S E Q U A T G X I C B
Y M I T P W W W F I X D I B
U L T R I C E S M K Q S E I
U C I A D F R R E U M U S E
D I G N I S S I M B N D E S
```

ES   HOBBIES
BASEBALL   PICTURA
ULTRICES   AMET
BOXING   DIGNISSIM
CASTRA   SUPERFICIES
CONSEQUAT   NATANTES
PISCANDI   TRISTIQUE
GARDENING   TRAVEL
GOLF

74 - Driving

```
X  C  G  F  E  R  V  B  U  P  J  A  C  B
O  U  V  E  S  T  I  B  U  L  U  M  E  I
S  N  B  O  C  P  G  M  F  H  A  F  L  O
D  I  A  R  A  J  E  A  Y  I  D  Q  E  M
O  C  C  A  R  T  R  D  R  F  L  A  R  O
L  U  C  H  P  L  A  T  E  A  F  K  I  T
O  L  I  V  P  K  Z  Y  Y  S  G  V  T  O
R  U  D  U  M  E  T  A  Z  Y  T  E  A  R
Y  M  E  A  E  N  E  A  N  Y  R  R  T  Z
Z  S  N  X  S  A  L  U  T  E  M  W  E  E
V  K  S  M  O  T  O  R  C  Y  C  L  E  M
E  W  E  P  A  S  L  I  C  E  N  T  I  A
X  V  I  A  H  P  G  O  U  I  V  M  T  P
P  E  R  I  C  U  L  U  M  J  S  H  T  Y
```

ACCIDENS	MOTORCYCLE
DUMETA	PEDESTREM
CAR	AT
PERICULUM	VIA
ESCA	SALUTEM
GARAGE	CELERITATE
VESTIBULUM	PLATEA
LICENTIA	AENEAN
MAP	DOLOR
MOTOR	CUNICULUM

75 - Professions #2

```
M A G I S T E R U H E N Z P
I W A G R I C O L A R W M H
L I N G U I S T L C G M V A
I S N A S T R O N A U T F R
B I E V M P P I C T O R E M
G T P R E T I U M D O O N A
O P P J D N E G E H C E G C
D E N T I S T Z I T U H I O
E L F N C N R O R W A B N P
H L S U U V V W R R I S E O
I L L U S T R R A T O R E L
I N Q U I S I T O R E M R A
G U B E R N A T O R U G M G
B Z P H I L O S O P H U S G
```

ASTRONAUT
PHARMACOPOLA
DENTIST
ENGINEER
AGRICOLA
ILLUSTRRATOR
INVENTOR
WISI

LINGUIST
PICTOR
PHILOSOPHUS
PRETIUM
MEDICUS
GUBERNATOR
INQUISITOREM
MAGISTER

76 - Emotions

```
U Q K B M Y E I F M O S U W
B H C H T W X T A E D I U M
Q I U V Q U C R R S Q B V I
G R A T U M I I E Y P J G S
O A M O R Z T S M M Q G H E
B N U G W O A T I P N W A R
M L E D S A T I S A C E I I
E N X R I S U T S T K G I C
T P P C O U R I U H F X Z O
U O C K R S M A M I K W B R
S S U Y P A A J P A C E M D
T R A N Q U I L L I T A S I
M I R U M T L V Z Q O K N A
T E N E R I T U D I N E M M
```

IRA	AMOR
TAEDIUM	PACEM
TRANQUILLITAS	REMISSUM
ONEROSA	TRISTITIA
EXCITATUR	SATIS
METUS	MIRUM
GRATUM	SYMPATHIA
GAUDIUM	TENERITUDINEM
MISERICORDIAM	

77 - Mythology

```
A I W B F U L G U R F B M U
A Q K H V O C A E L U M O O
M D F U H E R O S K C V R P
X I A R C H E T Y P U M T I
T M A G I C A L I S L L A N
C L A D I S T R N T T A L I
L E G E N D U X E L U P E O
J T O N I T R U A Q R D I N
Z Y B E L L A T O R A D O E
R E T R I U M P H A N T E S
D E L M O N S T R U M L D S
L C U U V I N D I C T A M G
T F Z F S M O R I B U S Z G
H C L A B Y R I N T H U S M
```

ARCHETYPUM
MORIBUS
OPINIONES
CREATURA
CULTURA
CLADIS
CAELUM
HEROS
ZELUS
LABYRINTHUS

LEGEND
FULGUR
MAGICALIS
MONSTRUM
MORTALE
VINDICTAM
FORTITUDO
TONITRUA
TRIUMPHANTES
BELLATOR

78 - Hair Types

```
W F D I U T V Y E L C Q V G
S L E A L B U S F E M R T P
S A N U S G Q Y C N K C U D
A V I X D C I N C I N N I S
T I Q G T I P T H S R F C K
E S U T T N G O J V J A O T
N R E A E C S R Z M M R L L
U I K L B Z W T A N M G O U
I I G D T X S I O Y R E R M
S N S R R Z T S B A A N A Z
N C R Z U C A L V U S T T G
D S B J J M O L L I S U U O
C R A S S U S I C C U M M P
B R O W N C R I S P U S J Q
```

CALVUS	SANUS
NIGRUM	DIU
FLAVIS	CRUS
TORTIS	DENIQUE
BROWN	ARGENTUM
COLORATUM	LENIS
CINCINNIS	MOLLIS
CRISPUS	CRASSUS
SICCUM	TENUIS
GRAY	ALBUS

79 - Garden

```
N A J H Q Y Y V U F A V R H
S A X A K G M D I S K X U A
D A U K J G Y Z F T H G T M
B W R H E R B A L Y I D R M
L B F C O A R B O R I S U O
H O R T U S P U S Y R Q M C
G D R E N L E S S E P E M K
A M F E N C U H U G O H Z C
R X X Y S T U M G E C P I H
A O R C H A R D W T H S Z L
G T R A M P O L I N E O A E
E B A N C O O D Y U M L N J
B S C L M C A R L H S O I C
K C P L B U P U I X K C A Z
```

BANCO	EGET
BUSH	SARCULUM
SEPEM	SAXA
FLOS	RUTRUM
GARAGE	SOLO
HORTUS	XYSTUM
HERBA	TRAMPOLINE
HAMMOCK	ARBOR
HOSE	VITIS
ORCHARD	ZIZANIA

80 - Birthday

```
C D I S C E R E I Q E A A X
Q E S A P I E N T I A N K O
C S L Z M E M O R I A N Y D
A I A E H C C L F B X O O I
N E E S B D A I M A S S A E
D I T U D R N N A M I C I S
E N A B X I A F T L C Z G J
L V W A V U T T C I I L Z H
A I C D Y V U E I B C S U O
S T A N T E S M D O N U M W
M A G N A N B P S E E M M R
R R M K I E G U B E A T U S
S E W K V S G S M A Y H M A
J L B K C A L E N D A R H U
```

NATUS
MASSAE
CALENDAR
CANDELAS
CELEBRATIO
DIE
AMICIS
DONUM
MAGNA
BEATUS

INVITARE
LAETA
MEMORIA
CANTICUM
SPECIALIS
TEMPUS
DISCERE
SAPIENTIA
ANNO
IUVENES

81 - Beach

```
G K N N D R B L U E D T J P
O R A Z V B E C P F V R N L
U S E Q Q A Z E K L B U Q N
M E A G A T I O F S O L O Y
B M X N E A Z M X N M A R E
R A M I D M T Y U C F C T P
E R H X C A N C E R V U B I
L N A V I S L X T M U N S W
L G K J N E Y I L H M A E M
A Y G H A R E N A Z L I V D
S M U W V D J S Q M R K V R
Y Z E S I C X U P S G D B M
O C E A N U M L I N T E U M
Q O Y D S V U A Z T P O I Q
```

BLUE
NAVI
ORA
CANCER
GREGEM
INSULA
LACUNA
OCEANUM

REEF
NAVIS
HARENA
SANDALIA
MARE
SOL
LINTEUM
UMBRELLA

82 - Adjectives #1

```
P U L C H R A A I D A T X D
A P R E T I O S U M B M M V
R Z T M C U D N Q O S B E R
O Z B Q V A U E F C O E X T
M Z X D A A X M H Q L N O T
A M B I T I O S A T U E T E
T O A I N G E N S E T V I N
I D R X T C V D N N A O C E
C E T I I A I E I U B L T B
U R I E D M R P B I E E I R
M N S P E C U D H S A N E I
S I O R M O E S U M T S T S
G R A V I S C X Z S U P N Y
L I B E R A L I S H S T E L
```

ABSOLUTA	GRAVIS
AMBITIOSA	BENEVOLENS
AROMATICUM	AMET
ARTIS	INGENS
NIBH	IDEM
PULCHRA	MAXIMUS
TENEBRIS	MODERN
EXOTIC	TARDUS
LIBERALIS	TENUIS
BEATUS	PRETIOSUM

83 - Rainforest

```
A  J  Q  J  H  Z  B  A  B  N  F  C  T  N
E  J  R  W  I  Z  O  W  V  R  W  O  R  U
Y  P  S  A  L  U  T  E  M  E  D  M  U  L
D  V  Q  Y  C  L  A  K  X  S  S  M  N  L
I  C  U  I  F  B  N  W  S  T  P  U  C  A
V  R  A  W  O  H  I  Z  P  I  R  N  A  M
E  H  N  E  U  W  C  X  E  T  E  I  T  I
R  W  T  P  L  P  A  I  C  U  F  T  I  Z
S  Y  U  E  H  I  D  N  I  T  U  A  S  G
I  I  M  U  S  C  U  S  E  I  G  S  Q  K
T  N  A  T  U  R  A  E  S  O  I  O  F  I
A  X  H  S  V  F  Y  C  K  N  U  B  E  S
S  Y  X  K  L  B  Q  T  A  E  M  P  H  Z
A  M  P  H  I  B  I  A  B  M  N  Q  M  D
```

AMPHIBIA	NULLAM
AVES	MUSCUS
BOTANICA	NATURA
CAELI	REFUGIUM
NUBES	QUANTUM
COMMUNITAS	RESTITUTIONEM
DIVERSITAS	SPECIES
INSECTA	SALUTEM
TRUNCATIS	

84 - Technology

```
O T K G Q Y W O C A S L N H
M M I I I P K C Y N A V H H
O T K N Y D D A T A F P R K
G W W W J M D M L K F I L E
S O F T W A R E A A P N P R
S F R N U R V R K R Y T R E
S E C U R I T A T E M E N S
D C P H B E U V T C N R U E
G I U A E Q G I W T I N N A
Q D G R S O S R G U X E T R
P J Q I S C C U N M H T I C
K D N G T O O S K O E R U H
D A V V U A R S X W W Z S Y
S C R E E N L P R O P O N O
```

PASCO
CAMERA
EU
CURSOR
DATA
DIGITAL
PROPONO
FILE

INTERNET
NUNTIUS
RESEARCH
SCREEN
SECURITATEM
SOFTWARE
RECTUM
VIRUS

85 - Landscapes

```
P M B G B E I V O L C A N O
E F O R Q F N G C A V E L R
N S E Y F L S D E S E R T O
I N T W O U U V A M Q I W F
N C U K W M L D N I B V P Z
S O N A X E A S U O A S I S
U W D G M N A R M O N T E M
L K R Z R R I A E T X B Z O
A P A L U S B C G P R V K L
B E A C H I L L E E K W R A
C O N V A L L I S B Y S R C
G L A C I E R V G F E S G U
C A T A R A C T A B R R E S
O J C S A G E E C I Q D G R
```

BEACH	OASIS
CAVE	OCEANUM
DESERTO	PENINSULA
GEYSER	FLUMEN
GLACIER	MARE
HILL	PALUS
ICEBERG	TUNDRA
INSULA	CONVALLIS
LACUS	VOLCANO
MONTEM	CATARACTA

86 - Visual Arts

```
N C E R A K C V V X Y G D S
U C R E T A R T I F E X S T
R O Q F G R A P L U T U M E
B M P F H C C H I C L M P N
O P R I V H B O G A R D A C
T O O G C I X T L R E E L I
I S S I R T K O O B I P M L
U I P E Y E U G S O O A A U
M T E S D C F R S N Z R R S
Y I C U U T A A A E Q V I O
N O T D I U G P R S M H U M
A B U C S R Q H I P E N S J
X T M J U A G M U W M Q E D
D G R A P H I U M D Y U X Y
```

ARCHITECTURA
ARTIFEX
CRETA
CARBONES
LUTUM
COMPOSITIO
GLOSSARIUM
OTIUM
DUIS

PALMARIUS
PICTURA
PEN
GRAPHIUM
PROSPECTUM
PHOTOGRAPH
EFFIGIES
STENCIL
CERA

87 - Plants

```
T F E P K M F D C I B P H Q
F L O R A F I H S N O E E A
L P V W B W R O T S T T D U
O B H J Q A W A E V A A E F
S J Z G L S M B R B N L R R
B E A N E O V B C S I O A O
R X P X P H L E O M C R D N
S I L V A O O R R O A U A D
R C A U L I S R A L M M K E
R A D I X Y K Y T B F B O U
I C A R B O R K C U U J J D
I T M U S C U S S S S L B M
B U L A Y N Z W W H E R B A
D S V I R E N T I A E M J K
```

BAMBOO	SILVA
BEAN	HORTUS
BERRY	HERBA
BOTANICAM	HEDERA
BUSH	MUSCUS
CACTUS	PETALORUM
STERCORAT	RADIX
FLORA	CAULIS
FLOS	ARBOR
FRONDE	VIRENTIA

88 - Countries #2

```
U C R A I N A O P D Q X F L
C N I U Y N F M L A S D U G
S V U X E I M E O N V S M R
O U J M G R Q X S I C N S A
M U D J Q Y G I Q A A E U E
A L J A M A I C A E L P G C
L E I G N T C O H J B A A I
I Y T B L I B E R I A L N A
A H T H A B A M U K N M D J
L A O S I N T M S E I V A A
L I C Y I O U D S N A I K P
W T O R C D P S I Y S O O A
B I N I G E R I A A C Q Q N
X A B A Y C Q A A E Q X L R
```

ALBANIA	LIBERIA
DANIAE	MEXICO
AETHIOPIA	NEPAL
GRAECIA	NIGERIA
HAITIA	RUSSIA
JAMAICA	SOMALIA
JAPAN	SUDANIA
KENYA	SYRIA
LAOS	UGANDA
LIBANUS	UCRAINA

89 - Ecology

```
P C N O S Q S O J H N S C X
L P A X N H A P M N Z A V S
A H T E U A L E M A A M O P
N D U P L B U S O T R S L X
T I R A L I T O N U C I U J
I V A L A T E Y T R H C N G
S E L U M A M M E A T C T E
F R I D Y T U Z S A N I A N
Y S S E Z N X H N M B T R F
C I Q M M X V J O D D A I G
R T E L L R V I R E N T I A
V A R I E T A T E L C E S L
N S C O M M U N I T A T E S
F L O R A I E S P E C I E S
```

CAELI
COMMUNITATES
DIVERSITAS
SICCITATE
FLORA
HABITAT
MARINE
PALUDEM
MONTES
NATURALIS

NATURA
PLANTIS
OPES
SPECIES
SALUTEM
NULLAM
VARIETATE
VIRENTIA
VOLUNTARIIS

90 - Adjectives #2

```
N D S O M N O L E N T U S C
O E E S U R I E N T E S K R
B S L R W N T V S A L S A E
I C C U B F R U C T U O S A
L R O C G F D B G A C J F T
I I M S S A N U S B A M J R
S P M I N A T U R A L I S I
U T O C D E F H L M I V F X
P I D C N O L O H E D E E K
E V O U M J N E R T U R R S
R E W M X K O A G T M A A U
B I M X O T V A T A I M Z F
U Z M O Y M U G W U N S I J
S V E F U O M S A F S S P X
```

VERAM   COMMODO
CREATRIX   NATURALIS
DESCRIPTIVE   NOVUM
SICCUM   FRUCTUOSA
ELEGANS   SUPERBUS
NOBILIS   AMET
DONATUS   SALSA
SANUS   SOMNOLENTUS
CALIDUM   FORTIS
ESURIENTES   FERA

91 - Math

```
P S D E C I M A L E S T Z P
A U R E C T A N G U L U M E
R M A N G U L I E J Y C V R
A M H J Q U A D R A T U M I
L A R I T H M E T I C A L M
L Z O Y G E X P O N E N T E
E J B A E Q U A T I O R U T
L R N P O L Y G O N U M F E
A A Q I M E B Z T A R G R R
F D N E E G R A D U S E A P
N I G H T D I V I S I O C J
N U M E R I I D I P Y H T J
Z S Z Z I P R A E D I T I S
G W R X A W W O M G R S O M
```

ANGULI
ARITHMETICA
DECIMALES
GRADUS
DIAM
DIVISIO
AEQUATIO
EXPONENT
FRACTIO
GEOMETRIA

NUMERI
PARALLELA
PERIMETER
POLYGONUM
RADIUS
RECTANGULUM
QUADRATUM
SUMMA
PRAEDITIS

92 - Water

```
I I P N I X O O M E K Z C I
R M R E N F H C I R N K Y C
R B O D V G W K E G E L U E
I E C V H A S S J A D A M T
G R E V U Z P R U C N C O E
A F L D M O V O I A B U R S
T L L F I Q J M R N Q S M I
I U A L D L H Z Q A P W L A
O M E U I C U N E L T V V R
N E E C T U M V M I T I W N
E N T T A Z I A I S K E O X
S K V U S Q D P L U V I A G
S O L S N P O O P R M O G Y
G E Y S E R N R V M O F D J
```

CANALIS   LACUS
HUMIDO   UMOR
EVAPORATIO   ETESIA
DILUVIUM   OCEANUM
GELU   PLUVIA
GEYSER   FLUMEN
HUMIDITAS   IMBER
PROCELLAE   NIX
ICE   VAPOR
IRRIGATIONES   FLUCTUS

93 - Activities

```
M  Q  D  J  V  A  R  T  E  V  S  K  S  K
C  A  S  T  R  A  C  G  J  M  R  N  A  R
Z  R  G  L  K  D  N  T  G  A  A  I  C  Y
E  T  I  I  H  V  J  L  I  E  J  T  O  C
R  E  S  A  A  A  Y  S  B  O  E  T  M  O
J  S  F  Q  F  L  E  C  T  I  O  I  M  N
X  E  S  L  K  E  U  T  E  P  H  N  O  S
S  V  O  L  U  P  T  A  T  E  M  G  D  E
O  T  I  U  M  D  D  E  S  Q  K  P  I  Q
V  E  N  A  T  I  O  N  E  D  R  D  S  U
P  I  C  T  U  R  A  S  S  U  T  U  R  A
M  E  L  Z  P  I  S  C  A  N  D  I  T  T
C  Z  R  G  A  R  D  E  N  I  N  G  C  T
Y  R  P  B  L  O  I  A  Y  F  E  M  O  A
```

ACTIO	KNITTING
ES	OTIUM
CASTRA	MAGIA
ARTES	PICTURA
PISCANDI	CONSEQUAT
LUDOS	VOLUPTATEM
GARDENING	LECTIO
VENATIONE	SUTURA
COMMODIS	ARTE

94 - Literature

```
C  F  B  Q  M  A  N  A  L  Y  S  I  S  S
A  O  A  P  O  E  T  I  C  A  B  I  Y  E
R  X  M  B  Z  N  T  J  H  R  G  C  P  N
M  U  C  P  E  D  Z  A  U  C  T  O  R  T
E  N  Q  N  A  L  F  C  P  L  H  N  Y  E
N  U  I  V  K  R  L  S  T  H  K  C  W  N
R  M  E  P  D  K  A  A  Z  O  O  O  D  T
D  E  S  C  R  I  P  T  I  O  N  R  I  I
V  R  U  Q  V  Y  D  V  I  T  A  D  A  A
C  O  N  C  L  U  S  I  O  O  T  A  L  D
F  I  C  T  A  J  T  N  Q  P  N  R  O  B
N  O  V  E  K  C  Y  O  U  U  L  E  G  J
A  S  S  I  M  I  L  I  T  U  D  O  U  O
X  A  R  G  U  M  E  N  T  U  M  E  S  R
```

SIMILITUDO	METAPHORA
ANALYSIS	NOVE
FABELLA	SENTENTIA
AUCTOR	CARMEN
VITA	POETICA
COMPARATIONE	CONCORDARE
CONCLUSIO	NUMERO
DESCRIPTION	STYLE
DIALOGUS	ARGUMENTUM
FICTA	

95 - Geography

```
I  U  U  V  C  T  H  E  C  B  I  O  A  Y
A  C  G  N  S  P  E  P  Y  O  J  Z  L  M
M  U  R  O  R  B  M  A  N  I  X  B  T  L
W  E  T  E  R  R  I  T  O  R  I  O  I  A
E  U  R  J  K  V  S  R  W  E  Y  S  T  T
S  W  R  I  G  R  P  I  I  G  W  R  U  I
T  P  P  B  D  F  H  A  I  I  W  X  D  T
M  A  R  E  E  I  A  F  Z  O  E  P  O  U
I  I  I  I  Z  M  E  M  O  N  T  E  M  D
N  A  N  Y  F  D  R  M  V  E  O  G  M  O
H  T  S  C  M  M  I  V  U  A  G  R  L  W
F  L  U  M  E  N  O  M  U  N  D  I  T  Q
A  A  L  O  C  E  A  N  U  M  M  A  P  H
T  S  A  C  O  N  T  I  N  E  N  S  Z  B
```

ALTITUDO	NORTH
ATLAS	OCEANUM
URBEM	REGIONE
CONTINENS	FLUMEN
PATRIA	MARE
HEMISPHAERIO	MERIDIEM
INSULA	TERRITORIO
LATITUDO	WEST
MAP	MUNDI
MONTEM	

96 - Vacation #1

```
T E V I A T O R L H N P O C
M X D I S C E S S U M R W O
G P K T V F J F P L Q F R N
M E X I C A M O N E T Æ L S
A D M N K A M V N M P Z G U
N I M E U M R U L A C U S E
T T U R I C O N S E Q U A T
I I S A L I Q U A M Q J A U
C O E R W X J I M S S A D D
A N U I M V Z R G H P X K I
Y E M U M B R E L L A B B N
K B Z M I V V I D U L U S E
N V H R U I A F D U J V Y S
G T E T E B N T R A M R M I
```

VIVAMUS
MANTICA
CAR
MONETÆ
CONSUETUDINES
DISCESSUM
EXPEDITIONE
ITINERARIUM

LACUS
MUSEUM
CONSEQUAT
VIDULUS
ALIQUAM
VIATOR
TRAM
UMBRELLA

97 - Pets

```
C  C  S  X  M  R  S  F  E  J  F  D  Z  A
I  A  L  Y  V  P  W  Q  R  I  X  G  V  R
B  U  L  F  E  L  I  S  N  C  C  A  M  Q
U  D  P  N  T  A  Q  U  A  P  P  V  T  P
M  A  F  O  E  C  U  N  G  U  I  B  U  S
Z  K  Z  T  R  E  P  M  M  D  S  W  R  I
L  L  L  H  I  R  C  U  M  H  C  G  T  T
O  E  V  S  N  T  W  S  P  K  E  S  U  T
R  P  B  O  A  A  Q  P  P  P  S  P  R  A
U  U  T  O  R  Q  U  E  M  T  Y  J  I  C
M  S  B  L  I  U  T  C  D  P  K  T  M  U
W  C  L  C  U  C  A  N  I  S  H  A  B  S
W  F  F  M  S  J  C  Q  P  X  R  X  O  L
K  Y  X  F  E  C  B  O  S  C  F  R  J  C
```

FELIS	LACERTA
UNGUIBUS	MUS
TORQUEM	PSITTACUS
BOS	PUPPY
CANIS	LEPUS
PISCES	CAUDA
CIBUM	TURTUR
HIRCUM	VETERINARIUS
LORUM	AQUA

98 - Nature

```
Q W F U R O I R P G X M V A
U D L J V U S E R E N A T R
H N R R Q U P P V B O P R C
E U X F L U M E N V F A O T
A N I M A L I A S V R C P I
P U L C H R I T U D O I I C
E Q V A X F V N A H N S C G
S F T L K W T E U R D M A L
O E R I R Q Y M X B E F L A
O R L G S I L V A E E D A C
H A L O V I T A L I S S X I
D E S E R T O H W Y C A X E
S U S C I P I T I V W X X R
S A N C T U A R I U M U O V
```

ANIMALIA
ARCTIC
PULCHRITUDO
APES
RUPES
NUBES
DESERTO
SUSCIPIT
EXESA
CALIGO

FRONDE
SILVA
GLACIER
PACIS
FLUMEN
SANCTUARIUM
SERENA
TROPICAL
VITALIS
FERA

99 - Championship

```
V  I  N  D  I  C  I  A  E  N  R  C  C  F
C  O  N  S  I  L  I  O  R  A  E  D  A  O
W  Q  H  P  U  P  A  V  L  X  U  W  U  R
F  J  L  P  Q  D  X  J  P  U  L  L  S  T
K  J  Q  L  X  L  O  W  T  I  D  E  A  I
Y  Z  D  Y  J  P  F  R  G  I  N  I  M  S
T  O  R  N  E  A  M  E  N  T  U  M  S  S
H  P  J  D  E  T  L  U  D  O  S  M  K  I
N  E  K  O  V  I  C  T  O  R  I  A  W  M
Q  M  M  L  I  E  U  I  S  M  O  D  W  U
H  T  Z  O  O  N  B  D  R  T  G  V  I  S
A  J  E  R  N  T  K  Y  E  O  B  T  J  X
B  P  N  U  M  I  S  M  A  X  E  K  N  Z
L  I  N  Z  D  A  F  I  N  A  L  I  S  T
```

FORTISSIMUS	CAUSAM
VINDICIAE	EUISMOD
RAEDA	SUDOR
PATIENTIA	LUDIS
FINALIST	CONSILIO
LUDOS	DOLOR
IUDEX	TORNEAMENTUM
NUMISMA	VICTORIA

100 - Vacation #2

```
D L F J T O M K U A L M A F
N H V H W A G A T L I A S E
C A S T R A X V C I M R G R
O V P D N P B I T E R E Z I
M A P E H M R S K N M A Z A
I V O Y R J Z A O A P M B S
T U F N S E I F J T G E S I
A F V Z X S G V E L I T I N
T E X S I N G R A P H U S S
U F J P J K I F I E H L M U
B E A C H O T E L N H T S L
M O N T E S O Q L J U X L A
E L Q N U L L A Y N S S D G
T A B E R N A C U L U M K D
```

ELIT	MAP
BEACH	MONTES
CASTRA	SINGRAPHUS
ALIENA	AMET
PEREGRINUS	MARE
FERIAS	TAXI
HOTEL	TABERNACULUM
INSULA	COMITATU
ITER	NULLA
OTIUM	VISA

1 - Food #1

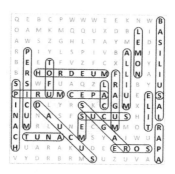

2 - Castles

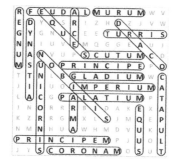

3 - Exploration

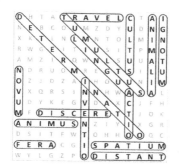

4 - Measurements

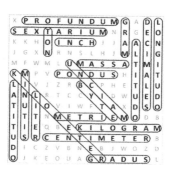

5 - Farm #2

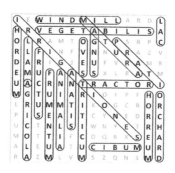

6 - Books

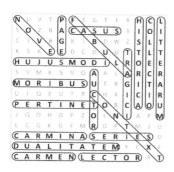

7 - Meditation

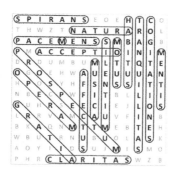

8 - Days and Months

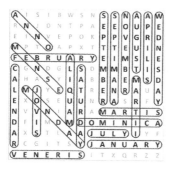

9 - Chess

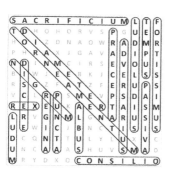

10 - Food #2

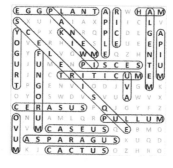

11 - Family

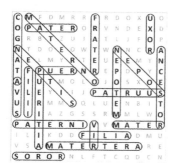

12 - Farm #1

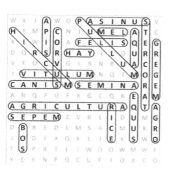

13 - Camping

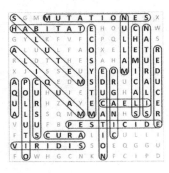

14 - Conservation

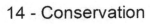

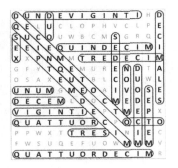

15 - Numbers

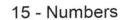

16 - Spices

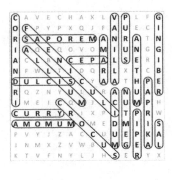

17 - Mammals

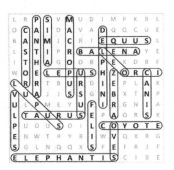

18 - Fishing

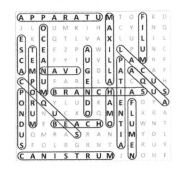

19 - Bees

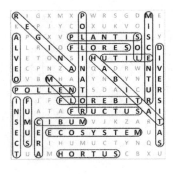

20 - Sports

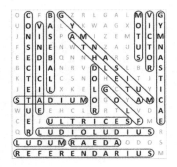

21 - Weather

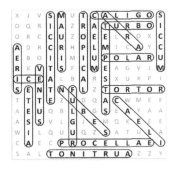

22 - Adventure

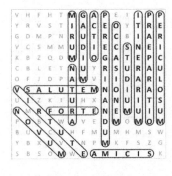

23 - Circus

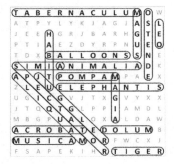

24 - Tools

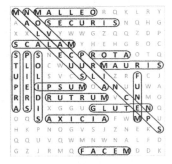

25 - Restaurant #2

COCHLEARI · FURCA · AROMATA · OLIVA · PRANDIUM · SALIRA · MASSAE · AQUA · FRUCTUS

26 - Geology

ACIDUM · SAL · PLATEAU · SPECUS · CALCIUM · QUARTZ · MINERALIBUS · LAVA · VOLCANON · CIRCUITUS · STALACTITE · GEYSER

27 - House

AREA · SEPE · FENESTRA · GENISTAE · HORTUS · FOCON · LOCUS · LIBRARY · VESTIBULUM · MURUM · TECTUM · SPECULUM

28 - School #1

VENALICIUM · FOLDERS · NUMERI · AMICIS · CALAMI · LIBRARY · CHARTA · RESPONDET · MAGISTER · ALPHABET

29 - Dance

EXPRESSIVUM · CORPUS · CLASSICA · RECENSENDU · CIGO · TRADITUMS · ACADEMIAE · AFFECTUS · CHOREOGRAPHY · STATURAM · VISUAL

30 - Colors

VIRIDIS · BLUE · PINK · FUTTER · IGRU · FLAVUM · PURPUR · BEIGE · BROWN · RHONCUS · HYACINTHUM

31 - Climbing

ANGUSTA · INIURIAM · TABERNUS · MAP · CAESTUS · CORPORIS · DISCIPLINA · GALEAMO · CURIOSITAS · CAVE

32 - Shapes

ARTC · POLYGON · CYLINDRO · MORAS · PYRAMIDIS · RECTANGULUM · ANGULO · CONI · OVAL · PRISMA · CIRCULUS · CURVA

33 - Scientific Disciplines

MECHANICA · BOTANICA · MINERALOGY · CHEMISTRY · PHYSIOLOGY · BIOLOGY · ANATOMIA · OECOLOGIA · SOCIOLOGIAE

34 - School #2

CHARTA · LITTERIS · OPERATIONES · SCIENTMU · HODIE · MAGISTER · ANXICITCI · ACADEMIA · LIBRARY · COMMEATUS

35 - Science

PLANTIS · NATURA · PARTICULIS · DRUM · SCIENTIST · MOLECULIS · GRAVITATIS · PHYSICA · EXPERIMENTUM · MINERALIBUS · OBSERVATIONE · FOSSIL

36 - To Fill

DOLIUM · VASE · FASCICULUS · BAG · VRT · CLU · INVOLUCRUM · LABRUM · VAS · UTREM · CANISTRUM

37 - Summer

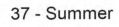

38 - Clothes

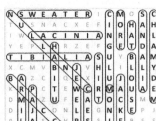

39 - Insects

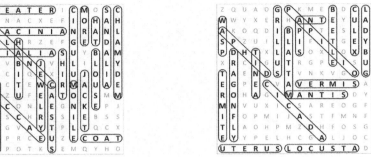

40 - Astronomy

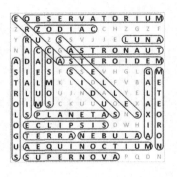

41 - Pirates

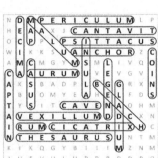

42 - Time

43 - Buildings

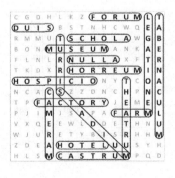

44 - Herbalism

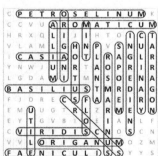

45 - Toys

46 - Vehicles

47 - Flowers

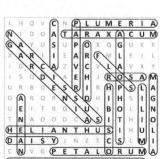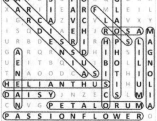

48 - Town

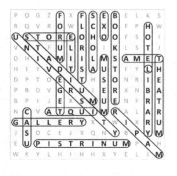

49 - Antarctica

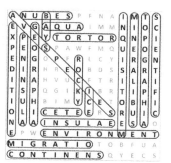

50 - Ballet

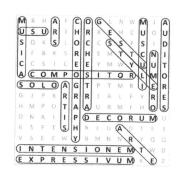

51 - Human Body

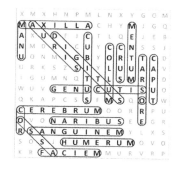

52 - Musical Instruments

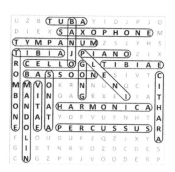

53 - Fruit

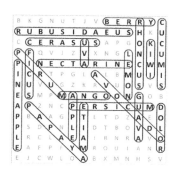

54 - Virtues #1

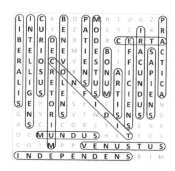

55 - Kitchen

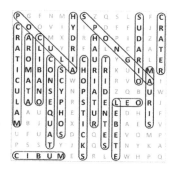

56 - Art Supplies

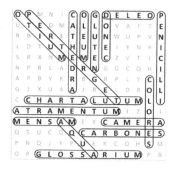

57 - Science Fiction

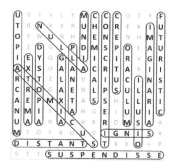

58 - Kindness

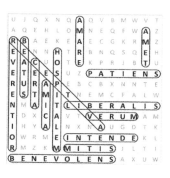

59 - Airplanes

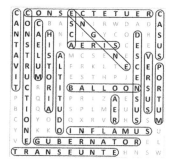

60 - Ocean

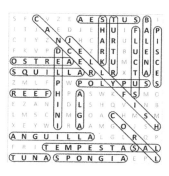

61 - Birds

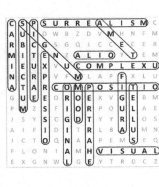

62 - Art

63 - Autumn

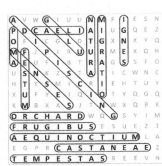

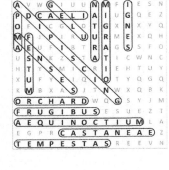

64 - Nutrition

65 - Hiking

66 - Professions #1

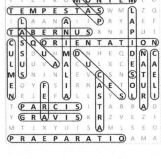

67 - Dinosaurs

68 - Barbecues

69 - Surfing

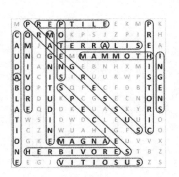

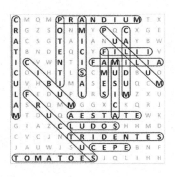

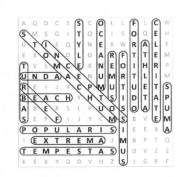

70 - Chocolate

71 - Vegetables

72 - Boats

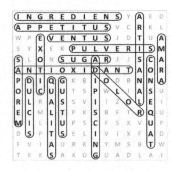

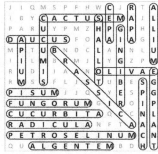

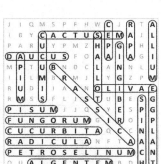

73 - Activities and Leisure

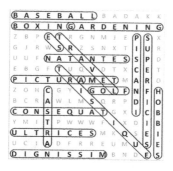

74 - Driving

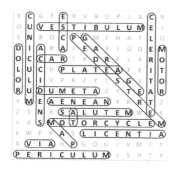

75 - Professions #2

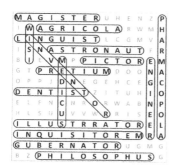

76 - Emotions

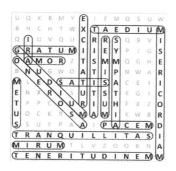

77 - Mythology

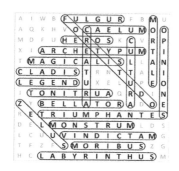

78 - Hair Types

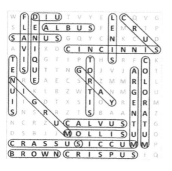

79 - Garden

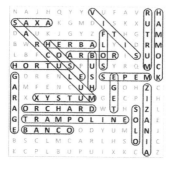

80 - Birthday

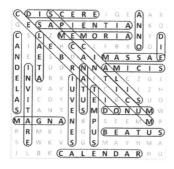

81 - Beach

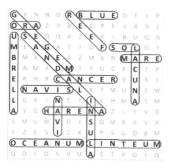

82 - Adjectives #1

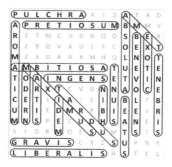

83 - Rainforest

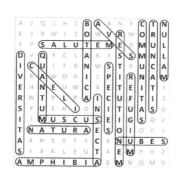

84 - Technology

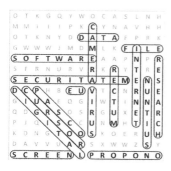

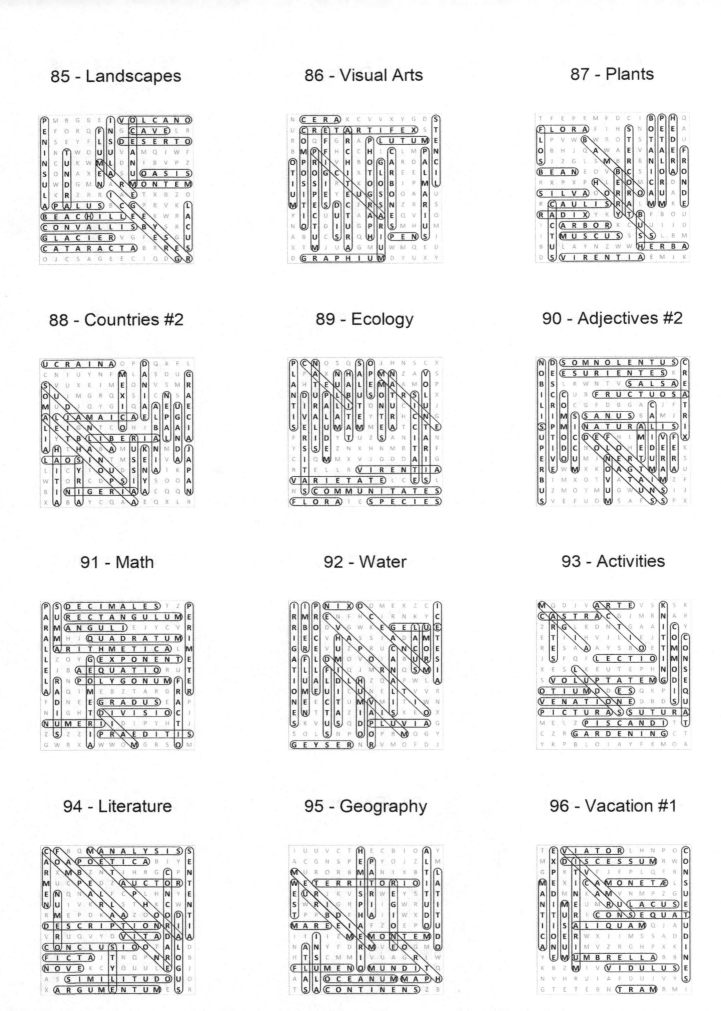

85 - Landscapes

86 - Visual Arts

87 - Plants

88 - Countries #2

89 - Ecology

90 - Adjectives #2

91 - Math

92 - Water

93 - Activities

94 - Literature

95 - Geography

96 - Vacation #1

97 - Pets

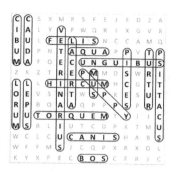

98 - Nature

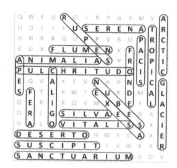

99 - Championship

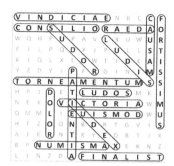

100 - Vacation #2

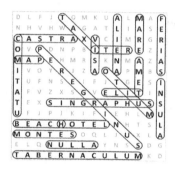

Dictionary

Activities
Operationes

Activity	Actio
Art	Es
Camping	Castra
Crafts	Artes
Fishing	Piscandi
Games	Ludos
Gardening	Gardening
Hunting	Venatione
Interests	Commodis
Knitting	Knitting
Leisure	Otium
Magic	Magia
Painting	Pictura
Photography	Consequat
Pleasure	Voluptatem
Reading	Lectio
Sewing	Sutura
Skill	Arte

Activities and Leisure
Operationes et Otium

Art	Es
Baseball	Baseball
Basketball	Ultrices
Boxing	Boxing
Camping	Castra
Diving	Consequat
Fishing	Piscandi
Gardening	Gardening
Golf	Golf
Hobbies	Hobbies
Painting	Pictura
Relaxing	Amet
Soccer	Dignissim
Surfing	Superficies
Swimming	Natantes
Tennis	Tristique
Travel	Travel
Volleyball	Pulvinar

Adjectives #1
Adiectiva #1

Absolute	Absoluta
Ambitious	Ambitiosa
Aromatic	Aromaticum
Artistic	Artis
Attractive	Nibh
Beautiful	Pulchra
Dark	Tenebris
Exotic	Exotic
Generous	Liberalis
Happy	Beatus
Heavy	Gravis
Helpful	Benevolens
Honest	Amet
Huge	Ingens
Identical	Idem
Important	Maximus
Modern	Modern
Slow	Tardus
Thin	Tenuis
Valuable	Pretiosum

Adjectives #2
Adiectiva #2

Authentic	Veram
Creative	Creatrix
Descriptive	Descriptive
Dry	Siccum
Elegant	Elegans
Famous	Nobilis
Gifted	Donatus
Healthy	Sanus
Hot	Calidum
Hungry	Esurientes
Interesting	Commodo
Natural	Naturalis
New	Novum
Productive	Fructuosa
Proud	Superbus
Responsible	Amet
Salty	Salsa
Sleepy	Somnolentus
Strong	Fortis
Wild	Fera

Adventure
Casus

Activity	Actio
Beauty	Pulchritudo
Bravery	Virtute
Chance	Forte
Dangerous	Periculosum
Difficulty	Difficultas
Enthusiasm	Studium
Excursion	Peregrinandum
Friends	Amicis
Itinerary	Itinerarium
Joy	Gaudium
Nature	Natura
Navigation	Navigationem
New	Novum
Opportunity	Occasionem
Preparation	Praeparatio
Safety	Salutem
Surprising	Mirum
Unusual	Insolita

Airplanes
Airplanes

Adventure	Casus
Air	Aer
Atmosphere	Aeris
Balloon	Balloon
Construction	Constructione
Crew	Cantavit
Descent	Descensus
Design	Consilium
Direction	Versus
Engine	Engine
Fuel	Esca
Height	Altitudo
History	Historia
Hydrogen	Consectetuer
Inflate	Inflamus
Landing	Portum
Passenger	Transeunte
Pilot	Gubernator
Sky	Caelum
Turbulence	Ferociam

Antarctica
Antarctica

Bay	Bay
Birds	Aves
Clouds	Nubes
Continent	Continens
Environment	Environment
Expedition	Expeditione
Geography	Geographia
Ice	Ice
Islands	Insulae
Migration	Migratio
Minerals	Mineralibus
Peninsula	Peninsula
Researcher	Inquisitorem
Rocky	Rocky
Scientific	Scientific
Species	Species
Temperature	Tortor
Topography	Topographia
Water	Aqua
Whales	Cete

Art
Es

Ceramic	Tellus
Complex	Complexu
Composition	Compositio
Expression	Expressio
Figure	Figura
Honest	Amet
Inspired	Inspirati
Mood	Mood
Original	Original
Paintings	Picturae
Personal	Alio
Poetry	Carmina
Portray	Pertrahe
Subject	Subiectum
Surrealism	Surrealism
Symbol	Signum
Visual	Visual

Art Supplies
Artis Commeatibus

Acrylic	Donec
Brushes	Perterget
Camera	Camera
Chair	Cathedra
Charcoal	Carbones
Clay	Lutum
Colors	Colores
Creativity	Glossarium
Easel	Otium
Eraser	Deleo
Glue	Gluten
Ink	Atramentum
Oil	Oleum
Paper	Charta
Pencils	Penicilli
Table	Mensam
Water	Aqua
Watercolors	Watercolors

Astronomy
Astronomia

Asteroid	Asteroidem
Astronaut	Astronaut
Astronomer	Astrologus
Constellation	Sidus
Cosmos	Cosmos
Earth	Terra
Eclipse	Eclipsis
Equinox	Aequinoctium
Galaxy	Galaxia
Meteor	Meteoron
Moon	Luna
Nebula	Nebula
Observatory	Observatorium
Planet	Planeta
Radiation	Radialis
Rocket	Eruca
Satellite	Satelles
Sky	Caelum
Supernova	Supernova
Zodiac	Zodiac

Autumn
Autumnus

Acorn	Frugibus,
Apples	Poma
Chestnuts	Castaneae
Climate	Caeli
Equinox	Aequinoctium
Festival	Festum
Fires	Ignes
Frost	Gelu
Migration	Migratio
Months	Menses
Nature	Natura
Orchard	Orchard
Seasonal	Adipiscing
Weather	Tempestas

Ballet
Talarium

Artistic	Artis
Audience	Auditores
Choreography	Choreography
Composer	Compositor
Dancers	Saltatores
Expressive	Expressivum
Gesture	Gestu
Graceful	Decorum
Intensity	Intensionem
Lessons	Lectiones
Muscles	Musculi
Music	Musica
Orchestra	Orchestra
Practice	Usu
Rehearsal	Recensendum
Rhythm	Numero
Skill	Arte
Solo	Solo
Style	Style
Technique	Ars

Barbecues
Barbecues
Chicken	Pullum
Children	Filii
Dinner	Prandium
Family	Familia
Food	Cibum
Forks	Tridentes
Friends	Amicis
Fruit	Fructus
Games	Ludos
Grill	Craticulam
Hot	Calidum
Hunger	Fames
Music	Musica
Onions	Cepe
Salads	Potenti
Salt	Sal
Sauce	Condimentum
Summer	Aestate
Tomatoes	Tomatoes
Vegetables	Legumina

Beach
Beach
Blue	Blue
Boat	Navi
Coast	Ora
Crab	Cancer
Dock	Gregem
Island	Insula
Lagoon	Lacuna
Ocean	Oceanum
Reef	Reef
Sailboat	Navis
Sand	Harena
Sandals	Sandalia
Sea	Mare
Sun	Sol
Towel	Linteum
Umbrella	Umbrella

Bees
Apes
Beneficial	Utile
Blossom	Florebit
Diversity	Diversitas
Ecosystem	Ecosystem
Flowers	Flores
Food	Cibum
Fruit	Fructus
Garden	Hortus
Habitat	Habitat
Hive	Alveo
Honey	Mel
Insect	Insect
Plants	Plantis
Pollen	Pollen
Pollinator	Pollinator
Queen	Regina
Smoke	Fumus
Sun	Sol
Swarm	Miscentur
Wax	Cera

Birds
Aves
Canary	Ga
Chicken	Pullum
Crow	Corvus
Cuckoo	Cuckoo
Dove	Columba
Duck	Anatis
Eagle	Aquila
Egg	Ovum
Flamingo	Flamingo
Goose	Anserem
Gull	Gull
Heron	Heron
Ostrich	Struthionem
Parrot	Psittacus
Peacock	Pavo
Pelican	Pelican
Sparrow	Passer
Stork	Ciconia
Swan	Swan
Toucan	Toucan

Birthday
Natalis
Born	Natus
Cake	Massae
Calendar	Calendar
Candles	Candelas
Celebration	Celebratio
Day	Die
Friends	Amicis
Gift	Donum
Great	Magna
Happy	Beatus
Invitations	Invitare
Joyful	Laeta
Memories	Memoria
Song	Canticum
Special	Specialis
Time	Tempus
To Learn	Discere
Wisdom	Sapientia
Year	Anno
Young	Iuvenes

Boats
Navibus
Anchor	Anchor
Buoy	Sustineo
Canoe	Linter
Crew	Cantavit
Dock	Gregem
Engine	Engine
Ferry	Porttitor
Kayak	Kayak
Lake	Lacus
Nautical	Nauticis
Ocean	Oceanum
Raft	Ratis
River	Flumen
Rope	Funem
Sailboat	Navis
Sailor	Nauta
Sea	Mare
Tide	Aestus
Waves	Fluctus
Yacht	Yacht

Books
Books

Adventure	Casus
Author	Auctor
Character	Moribus
Collection	Collectio
Context	Context
Duality	Dualitatem
Historical	Historica
Humorous	Hujusmodi
Inventive	Ingeniosus
Literary	Litterarum
Novel	Nove
Page	Page
Poem	Carmen
Poetry	Carmina
Reader	Lector
Relevant	Pertinet
Series	Series
Story	Fabula
Tragic	Tragici
Written	Scriptum

Buildings
Aedificia

Apartment	Duis
Barn	Horreum
Cabin	Cameram
Castle	Castrum
Embassy	Legationem
Factory	Factory
Farm	Farm
Hospital	Hospitalis
Hostel	Hospicio
Hotel	Hotel
Laboratory	Nulla
Museum	Museum
Observatory	Observatorium
School	Schola
Stadium	Stadium
Supermarket	Forum
Tent	Tabernaculum
Theater	Theatrum
Tower	Turris
University	University

Camping
Castra

Adventure	Casus
Animals	Animalia
Cabin	Cameram
Canoe	Linter
Compass	Decima
Equipment	Apparatu
Fire	Ignis
Forest	Silva
Hammock	Hammock
Hat	Hat
Hunting	Venatione
Insect	Insect
Lake	Lacus
Map	Map
Moon	Luna
Mountain	Montem
Nature	Natura
Rope	Funem
Tent	Tabernaculum
Trees	Arbores

Castles
Castella

Armor	Arma
Catapult	Catapult
Crown	Coronam
Dragon	Draco
Dynasty	Dynastia
Empire	Imperium
Feudal	Feudal
Fortress	Arce
Horse	Equus
Kingdom	Regnum
Knight	Eques
Noble	Nobilis
Palace	Palatium
Prince	Principe
Princess	Principem
Shield	Scutum
Sword	Gladium
Tower	Turris
Unicorn	Unicornis
Wall	Murum

Championship
Vindiciae

Champion	Fortissimus
Championship	Vindiciae
Coach	Raeda
Endurance	Patientia
Finalist	Finalist
Games	Ludos
Judge	Iudex
Medal	Numisma
Motivation	Causam
Performance	Euismod
Perspiration	Sudor
Sports	Ludis
Strategy	Consilio
Team	Dolor
Tournament	Torneamentum
Victory	Victoria

Chess
Latrunculorum

Black	Nigrum
Champion	Fortissimus
Contest	Certamen
Diagonal	Diameter
Game	Ludum
King	Rex
Opponent	Adversarius
Passive	Passiva
Player	Ludio Ludius
Points	Puncta
Queen	Regina
Rules	Praecepta
Sacrifice	Sacrificium
Strategy	Consilio
Time	Tempus
To Learn	Discere
Tournament	Torneamentum
White	Albus

Chocolate
Scelerisque

Antioxidant	Antioxidant
Artisanal	Artisanal
Bitter	Amara
Calories	Adipiscing
Coconut	Dolor
Craving	Appetitus
Delicious	Delectamentum
Exotic	Exotic
Favorite	Ventus
Flavor	Saporem
Ingredient	Ingrediens
Powder	Pulveris
Quality	Qualitas
Recipe	Consequat
Sugar	Sugar
Sweet	Dulcis
Taste	Gustus

Circus
Circo

Acrobat	Acrobat
Animals	Animalia
Balloons	Balloons
Costume	Habitu
Elephant	Elephantis
Juggler	Juggler
Lion	Leo
Magic	Magia
Magician	Magus
Monkey	Simia
Music	Musica
Parade	Pompam
Show	Ostende
Spectator	Spectator
Tent	Tabernaculum
Ticket	Aliquam
Tiger	Tiger
Trick	Dolum

Climbing
Scandere

Altitude	Altitudo
Atmosphere	Aeris
Boots	Tabernus
Cave	Cave
Curiosity	Curiositas
Expert	Peritus
Gloves	Caestus
Guides	Duces
Helmet	Galeam
Injury	Iniuriam
Map	Map
Narrow	Angusta
Physical	Corporis
Stability	Stabilitatem
Strength	Fortitudo
Training	Disciplina

Clothes
Vestimenta

Belt	Cingulum
Blouse	Blouse
Bracelet	Armillam
Coat	Coat
Dress	Habitu
Fashion	More
Gloves	Caestus
Hat	Hat
Jacket	Jacket
Jewelry	Jewelry
Necklace	Monile
Pajamas	Pajamas
Pants	Braccae
Sandals	Sandalia
Scarf	Chlamydem
Shirt	Shirt
Shoe	Nulla Nec
Skirt	Lacinia
Socks	Tibialia
Sweater	Sweater

Colors
Colores

Azure	Caerulus
Beige	Beige
Black	Nigrum
Blue	Blue
Brown	Brown
Crimson	Purpureo
Fuchsia	Fuchsia
Green	Viridis
Grey	Grey
Orange	Rhoncus
Pink	Pink
Purple	Purpura
Red	Red
Violet	Hyacinthum
White	Albus
Yellow	Flavum

Conservation
Conservationem

Changes	Mutationes
Chemicals	Chemicals
Climate	Caeli
Concern	Cura
Cycle	Cursus
Ecosystem	Ecosystem
Education	Education
Environmental	Aliquam
Green	Viridis
Habitat	Habitat
Health	Salutem
Natural	Naturalis
Organic	Organic
Pesticide	Pesticide
Pollution	Pollutio
Reduce	Reducere
Sustainable	Nullam
Water	Aqua

Countries #2
Regionibus #2

Albania	Albania
Denmark	Daniae
Ethiopia	Aethiopia
Greece	Graecia
Haiti	Haitia
Jamaica	Jamaica
Japan	Japan
Kenya	Kenya
Laos	Laos
Lebanon	Libanus
Liberia	Liberia
Mexico	Mexico
Nepal	Nepal
Nigeria	Nigeria
Russia	Russia
Somalia	Somalia
Sudan	Sudania
Syria	Syria
Uganda	Uganda
Ukraine	Ucraina

Dance
Chorus

Academy	Academiae
Art	Es
Body	Corpus
Choreography	Choreography
Classical	Classical
Cultural	Culturae
Culture	Cultura
Emotion	Affectus
Expressive	Expressivum
Grace	Gratia
Joyful	Laeta
Movement	Motus
Music	Musica
Partner	Socium
Posture	Staturam
Rehearsal	Recensendum
Rhythm	Numero
Traditional	Traditum
Visual	Visual

Days and Months
Diebus et Mensibus

April	Aprilis
August	August
Calendar	Calendar
February	February
Friday	Veneris
January	January
July	July
March	Martii
Monday	Monday
Month	Mense
November	November
October	Aliquam
Saturday	Saturday
September	September
Sunday	Dominica
Thursday	Jovis
Tuesday	Martis
Wednesday	Wednesday
Week	Septimana
Year	Anno

Dinosaurs
Dinosaurs

Disappearance	Ablatione
Earth	Terra
Enormous	Ingens
Evolution	Praegressus
Herbivore	Herbivore
Large	Magna
Mammoth	Mammoth
Omnivore	Omnivore
Powerful	Potens
Prehistoric	Prehistoric
Reptile	Reptile
Size	Magnitudine
Species	Species
Tail	Cauda
Vicious	Vitiosus
Wings	Alis

Driving
Pulsis

Accident	Accidens
Brakes	Dumeta
Car	Car
Danger	Periculum
Fuel	Esca
Garage	Garage
Gas	Vestibulum
License	Licentia
Map	Map
Motor	Motor
Motorcycle	Motorcycle
Pedestrian	Pedestrem
Police	At
Road	Via
Safety	Salutem
Speed	Celeritate
Street	Platea
Traffic	Aenean
Truck	Dolor
Tunnel	Cuniculum

Ecology
Oecologia

Climate	Caeli
Communities	Communitates
Diversity	Diversitas
Drought	Siccitate
Flora	Flora
Habitat	Habitat
Marine	Marine
Marsh	Paludem
Mountains	Montes
Natural	Naturalis
Nature	Natura
Plants	Plantis
Resources	Opes
Species	Species
Survival	Salutem
Sustainable	Nullam
Variety	Varietate
Vegetation	Virentia
Volunteers	Voluntariis

Emotions
Affectus

Anger	Ira
Boredom	Taedium
Calm	Tranquillitas
Embarrassed	Onerosa
Excited	Excitatur
Fear	Metus
Grateful	Gratum
Joy	Gaudium
Kindness	Misericordiam
Love	Amor
Peace	Pacem
Relaxed	Remissum
Sadness	Tristitia
Satisfied	Satis
Surprise	Mirum
Sympathy	Sympathia
Tenderness	Teneritudinem

Exploration
Explorationem

Activity	Actio
Animals	Animalia
Courage	Animus
Cultures	Cultus
Determination	Determinatio
Discovery	Inventio
Distant	Distant
Excitement	Tumultus
Language	Lingua
New	Novum
Space	Spatium
To Learn	Discere
Travel	Travel
Unknown	Ignotum
Wild	Fera

Family
Familia

Ancestor	Ancestor
Aunt	Matertera
Brother	Frater
Child	Puer
Childhood	Pueritia
Children	Filii
Cousin	Cognata
Daughter	Filia
Father	Pater
Grandchild	Nepotem
Grandfather	Avus
Husband	Vir
Maternal	Materno
Mother	Mater
Nephew	Nepos
Niece	Neptis
Paternal	Paterni
Sister	Soror
Uncle	Patruus
Wife	Uxor

Farm #1
Farm #1

Agriculture	Agricultura
Bee	Apis
Calf	Vitulum
Cat	Felis
Chicken	Pullum
Cow	Bos
Crow	Corvus
Dog	Canis
Donkey	Asinus
Fence	Sepem
Fertilizer	Stercorat
Field	Agro
Flock	Gregem
Goat	Hircum
Hay	Hay
Honey	Mel
Horse	Equus
Rice	Rice
Seeds	Semina
Water	Aqua

Farm #2
Farm #2

Animals	Animalia
Barley	Hordeum
Barn	Horreum
Corn	Frumentum
Duck	Anatis
Farmer	Agricola
Food	Cibum
Fruit	Fructus
Irrigation	Irrigationes
Lamb	Agnus
Llama	Llama
Meadow	Prati
Milk	Lac
Orchard	Orchard
Ripe	Matura
Sheep	Oves
Tractor	Tractor
Vegetable	Vegetabilis
Wheat	Triticum
Windmill	Windmill

Fishing
Piscandi

Bait	Esca
Basket	Canistrum
Beach	Beach
Boat	Navi
Cook	Coques
Equipment	Apparatu
Exaggeration	Augendo
Gills	Branchias
Hook	Hamo
Jaw	Maxilla
Lake	Lacus
Ocean	Oceanum
Patience	Patientia
River	Flumen
Season	Temporum
Water	Aqua
Weight	Pondus
Wire	Filum

Flowers
Flores

Bouquet	Flos
Clover	Trifolium
Daffodil	Narcissus
Daisy	Daisy
Dandelion	Taraxacum
Gardenia	Gardenia
Hibiscus	Hibisco
Jasmine	Aenean
Lavender	Casia
Lily	Lilium
Magnolia	Magnolia
Orchid	Orchid
Passionflower	Passionflower
Peony	Aglaophotis
Petal	Petalorum
Plumeria	Plumeria
Poppy	Papaver
Rose	Rosa
Sunflower	Helianthus
Tulip	Tulipa

Food #1
Cibum #1

Apricot	Persicum
Barley	Hordeum
Basil	Basilius
Carrot	Daucus
Garlic	Allium
Juice	Sucus
Lemon	Lemon
Milk	Lac
Onion	Cepa
Peanut	Eros
Pear	Pirum
Salad	Sem
Salt	Sal
Soup	Elit
Spinach	Spinach
Strawberry	Fragum
Sugar	Sugar
Tofu	Tofu
Tuna	Tuna
Turnip	Rapa

Food #2
Cibum #2

Apple	Apple
Artichoke	Cactus
Asparagus	Asparagus
Bread	Panem
Broccoli	Algentem
Celery	Apium
Cheese	Caseus
Cherry	Cerasus
Chicken	Pullum
Chocolate	Scelerisque
Egg	Ovum
Eggplant	Eggplant
Fish	Pisces
Grape	Uva
Ham	Ham
Kiwi	Kiwi
Mushroom	Fungorum
Rice	Rice
Wheat	Triticum
Yogurt	Yogurt

Fruit
Fructus

Apple	Apple
Avocado	Avocado
Berry	Berry
Blackberry	Etiam
Cherry	Cerasus
Coconut	Dolor
Fig	Ficus
Grape	Uva
Guava	Guava
Kiwi	Kiwi
Lemon	Lemon
Mango	Mango
Melon	Cucumis
Nectarine	Nectarine
Orange	Rhoncus
Papaya	Papaya
Peach	Persicum
Pear	Pirum
Pineapple	Pineapple
Raspberry	Rubus Idaeus

Garden
Hortus

Bench	Banco
Bush	Bush
Fence	Sepem
Flower	Flos
Garage	Garage
Garden	Hortus
Grass	Herba
Hammock	Hammock
Hose	Hose
Orchard	Orchard
Pond	Eget
Rake	Sarculum
Rocks	Saxa
Shovel	Rutrum
Soil	Solo
Terrace	Xystum
Trampoline	Trampoline
Tree	Arbor
Vine	Vitis
Weeds	Zizania

Geography
Geographia

Altitude	Altitudo
Atlas	Atlas
City	Urbem
Continent	Continens
Country	Patria
Hemisphere	Hemisphaerio
Island	Insula
Latitude	Latitudo
Map	Map
Meridian	Meridianus
Mountain	Montem
North	North
Ocean	Oceanum
Region	Regione
River	Flumen
Sea	Mare
South	Meridiem
Territory	Territorio
West	West
World	Mundi

Geology
Nederlandicae

Acid	Acidum
Calcium	Calcium
Cavern	Specus
Continent	Continens
Coral	Coral
Crystals	Crystals
Cycles	Circuitus
Earthquake	Terraemotus
Erosion	Exesa
Fossil	Fossile
Geyser	Geyser
Lava	Lava
Layer	Accumsan
Minerals	Mineralibus
Plateau	Plateau
Quartz	Quartz
Salt	Sal
Stalactite	Stalactite
Stone	Stone
Volcano	Volcano

Hair Types
Genera Capillos

Bald	Calvus
Black	Nigrum
Blond	Flavis
Braided	Tortis
Brown	Brown
Colored	Coloratum
Curls	Cincinnis
Curly	Crispus
Dry	Siccum
Gray	Gray
Healthy	Sanus
Long	Diu
Shiny	Crus
Short	Denique
Silver	Argentum
Smooth	Lenis
Soft	Mollis
Thick	Crassus
Thin	Tenuis
White	Albus

Herbalism
Herbalism

Aromatic	Aromaticum
Basil	Basilius
Beneficial	Utile
Culinary	Culinary
Fennel	Faeniculi
Flavor	Saporem
Flower	Flos
Garden	Hortus
Garlic	Allium
Green	Viridis
Ingredient	Ingrediens
Lavender	Casia
Marjoram	Origani
Mint	Mint
Oregano	Origanum
Parsley	Petroselinum
Plant	Planta
Rosemary	Rosmarinus
Saffron	Crocus
Tarragon	Tarragon

Hiking
Hiking

Animals	Animalia
Boots	Tabernus
Camping	Castra
Climate	Caeli
Guides	Duces
Heavy	Gravis
Map	Map
Mountain	Montem
Nature	Natura
Orientation	Orientation
Parks	Parcis
Preparation	Praeparatio
Stones	Lapides
Summit	Culmen
Sun	Sol
Tired	Lassus
Water	Aqua
Weather	Tempestas
Wild	Fera

House
Domus

Attic	Attica
Broom	Genistae
Curtains	Pelles
Door	Ostium
Fence	Sepem
Fireplace	Foco
Floor	Area
Furniture	Supellectilem
Garage	Garage
Garden	Hortus
Keys	Claves
Kitchen	Vestibulum
Lamp	Lucerna
Library	Library
Mirror	Speculum
Roof	Tectum
Room	Locus
Shower	Imber
Wall	Murum
Window	Fenestra

Human Body
Corpus Humanum

Ankle	Tarso
Blood	Sanguinem
Bones	Ossa
Brain	Cerebrum
Chin	Mentum
Ear	Auris
Elbow	Cubitus
Face	Faciem
Finger	Digitus
Hand	Manu
Head	Caput
Heart	Cor
Jaw	Maxilla
Knee	Genu
Leg	Crus
Mouth	Ore
Neck	Collum
Nose	Naribus
Shoulder	Humerum
Skin	Cutis

Insects
Insecta

Ant	Ant
Aphid	Aphid
Bee	Apis
Beetle	Beetle
Butterfly	Papilio
Cicada	Cicada
Cockroach	Blattam
Dragonfly	Dragonfly
Grasshopper	Grillus
Ladybug	Ladybug
Larva	Uterus
Locust	Locusta
Mantis	Mantis
Mosquito	Culex
Moth	Tinea
Termite	Termite
Wasp	Wasp
Worm	Vermis

Kindness
Misericordiam

Attentive	Intende
Friendly	Amica
Generous	Liberalis
Gentle	Mitis
Genuine	Verum
Happy	Beatus
Helpful	Benevolens
Honest	Amet
Hospitable	Hospitalem
Loving	Amare
Patient	Patiens
Receptive	Receptiva
Reliable	Certa
Respectful	Reverentior
Understanding	Intellectus

Kitchen
Vestibulum

Bowl	Crater
Chopsticks	Chopsticks
Cups	Pocula
Food	Cibum
Forks	Tridentes
Freezer	Mauris
Grill	Craticulam
Jug	Hydria
Kettle	Lebete
Ladle	Hauriatur
Napkin	Sudario
Oven	Clibano
Recipe	Consequat
Refrigerator	Leo
Spices	Aromata
Sponge	Spongia
Spoons	Scyphos

Landscapes
Donec

Beach	Beach
Cave	Cave
Desert	Deserto
Geyser	Geyser
Glacier	Glacier
Hill	Hill
Iceberg	Iceberg
Island	Insula
Lake	Lacus
Mountain	Montem
Oasis	Oasis
Ocean	Oceanum
Peninsula	Peninsula
River	Flumen
Sea	Mare
Swamp	Palus
Tundra	Tundra
Valley	Convallis
Volcano	Volcano
Waterfall	Cataracta

Literature
Litteris

Analogy	Similitudo
Analysis	Analysis
Anecdote	Fabella
Author	Auctor
Biography	Vita
Comparison	Comparatione
Conclusion	Conclusio
Description	Description
Dialogue	Dialogus
Fiction	Ficta
Metaphor	Metaphora
Novel	Nove
Opinion	Sententia
Poem	Carmen
Poetic	Poetica
Rhyme	Concordare
Rhythm	Numero
Style	Style
Theme	Argumentum
Tragedy	Tragoedia

Mammals
Nullam

Bear	Ursus
Beaver	Castor
Bull	Taurus
Cat	Felis
Coyote	Coyote
Dog	Canis
Dolphin	Delphini
Elephant	Elephantis
Fox	Vulpes
Giraffe	Panthera
Gorilla	Orci
Horse	Equus
Kangaroo	Macropus
Lion	Leo
Monkey	Simia
Rabbit	Lepus
Sheep	Oves
Whale	Balena
Wolf	Lupus
Zebra	Zebra

Math
Math

Angles	Anguli
Arithmetic	Arithmetica
Decimal	Decimales
Degrees	Gradus
Diameter	Diam
Division	Divisio
Equation	Aequatio
Exponent	Exponent
Fraction	Fractio
Geometry	Geometria
Numbers	Numeri
Parallel	Parallela
Perimeter	Perimeter
Polygon	Polygonum
Radius	Radius
Rectangle	Rectangulum
Square	Quadratum
Sum	Summa
Symmetry	Praeditis
Triangle	Triangulum

Measurements
Mensurae

Byte	Byte
Centimeter	Centimeter
Decimal	Decimales
Degree	Gradus
Depth	Profundum
Gram	Gram
Height	Altitudo
Inch	Inch
Kilogram	Kilogram
Kilometer	Kilometer
Length	Longitudo
Liter	Liter
Mass	Massa
Meter	Metri
Minute	Minutis
Ounce	Unciam
Pint	Sextarium
Ton	Ton
Weight	Pondus
Width	Latitudo

Meditation
Meditatio

Acceptance	Acceptio
Attention	Operam
Breathing	Spirans
Calm	Tranquillitas
Clarity	Claritas
Compassion	Misericordia
Emotions	Affectus
Gratitude	Gratia
Habits	Habitus
Kindness	Misericordiam
Mental	Mentis
Mind	Mens
Movement	Motus
Music	Musica
Nature	Natura
Peace	Pacem
Perspective	Prospectum
Silence	Silentium
Thoughts	Cogitationes
To Learn	Discere

Musical Instruments
Organis

Banjo	Banjo
Bassoon	Bassoon
Cello	Cello
Chimes	Pleni
Clarinet	Tibiae
Flute	Tibia
Gong	Gong
Harmonica	Harmonica
Harp	Cithara
Mandolin	Mandolin
Oboe	Sonata
Percussion	Percussus
Piano	Piano
Saxophone	Saxophone
Tambourine	Tympanum
Trombone	Trombone
Trumpet	Tuba
Violin	Vitae

Mythology
Fabularis

Archetype	Archetypum
Behavior	Moribus
Beliefs	Opiniones
Creature	Creatura
Culture	Cultura
Disaster	Cladis
Heaven	Caelum
Hero	Heros
Jealousy	Zelus
Labyrinth	Labyrinthus
Legend	Legend
Lightning	Fulgur
Magical	Magicalis
Monster	Monstrum
Mortal	Mortale
Revenge	Vindictam
Strength	Fortitudo
Thunder	Tonitrua
Triumphant	Triumphantes
Warrior	Bellator

Nature
Natura

Animals	Animalia
Arctic	Arctic
Beauty	Pulchritudo
Bees	Apes
Cliffs	Rupes
Clouds	Nubes
Desert	Deserto
Dynamic	Suscipit
Erosion	Exesa
Fog	Caligo
Foliage	Fronde
Forest	Silva
Glacier	Glacier
Peaceful	Pacis
River	Flumen
Sanctuary	Sanctuarium
Serene	Serena
Tropical	Tropical
Vital	Vitalis
Wild	Fera

Numbers
Numeri

Decimal	Decimales
Eight	Octo
Eighteen	Decem et Octo
Fifteen	Quindecim
Five	Quinque
Four	Quattuor
Fourteen	Quattuordecim
Nine	Novem
Nineteen	Undeviginti
One	Unum
Seven	Septem
Seventeen	Septemdecim
Six	Sex
Sixteen	Sedecim
Ten	Decem
Thirteen	Tredecim
Three	Tres
Twelve	Duodecim
Twenty	Viginti
Two	Duo

Nutrition
Nutritionem

Appetite	Appetitus
Balanced	Libratum
Bitter	Amara
Calories	Adipiscing
Carbohydrates	Carbohydrates
Diet	Diet
Digestion	Concoctionem
Edible	Edulis
Fermentation	Fermentum
Flavor	Saporem
Habits	Habitus
Health	Salutem
Healthy	Sanus
Nutrient	Cibus
Proteins	Servo
Quality	Qualitas
Sauce	Condimentum
Toxin	Toxin
Vitamin	Vitaminum
Weight	Pondus

Ocean
Oceanum

Coral	Coral
Crab	Cancer
Dolphin	Delphini
Eel	Anguilla
Fish	Pisces
Jellyfish	Jellyfish
Octopus	Polypus
Oyster	Ostrea
Reef	Reef
Salt	Sal
Seaweed	Alga
Shark	Shark
Shrimp	Squilla
Sponge	Spongia
Storm	Tempestas
Tides	Aestus
Tuna	Tuna
Turtle	Turtur
Waves	Fluctus
Whale	Balena

Pets
Pets

Cat	Felis
Claws	Unguibus
Collar	Torquem
Cow	Bos
Dog	Canis
Fish	Pisces
Food	Cibum
Goat	Hircum
Leash	Lorum
Lizard	Lacerta
Mouse	Mus
Parrot	Psittacus
Puppy	Puppy
Rabbit	Lepus
Tail	Cauda
Turtle	Turtur
Veterinarian	Veterinarius
Water	Aqua

Pirates
Piratae

Adventure	Casus
Anchor	Anchor
Bad	Malum
Beach	Beach
Captain	Captain
Cave	Cave
Coins	Coins
Compass	Decima
Crew	Cantavit
Danger	Periculum
Flag	Vexillum
Gold	Aurum
Island	Insula
Legend	Legend
Map	Map
Parrot	Psittacus
Rum	Rum
Scar	Cicatrix
Sword	Gladium
Treasure	Thesaurus

Plants
Plantis

Bamboo	Bamboo
Bean	Bean
Berry	Berry
Botany	Botanicam
Bush	Bush
Cactus	Cactus
Fertilizer	Stercorat
Flora	Flora
Flower	Flos
Foliage	Fronde
Forest	Silva
Garden	Hortus
Grass	Herba
Ivy	Hedera
Moss	Muscus
Petal	Petalorum
Root	Radix
Stem	Caulis
Tree	Arbor
Vegetation	Virentia

Professions #1
Professionibus #1

Ambassador	Legatus
Astronomer	Astrologus
Attorney	Attornatum
Banker	Remi
Cartographer	Cartographer
Coach	Raeda
Dancer	Saltator
Doctor	Medicus
Editor	Editor
Geologist	Geologist
Hunter	Venator
Jeweler	Jeweler
Musician	Musicus
Nurse	Nutrix
Pianist	The
Plumber	Plumbarius
Psychologist	Psychologist
Sailor	Nauta
Tailor	Sartor
Veterinarian	Veterinarius

Professions #2
Professionibus #2

Astronaut	Astronaut
Biologist	Biologist
Chemist	Pharmacopola
Dentist	Dentist
Detective	Inquisitor
Engineer	Engineer
Farmer	Agricola
Gardener	Hortulanus
Illustrator	Illustrrator
Inventor	Inventor
Journalist	Wisi
Linguist	Linguist
Painter	Pictor
Philosopher	Philosophus
Photographer	Pretium
Physician	Medicus
Pilot	Gubernator
Researcher	Inquisitorem
Teacher	Magister
Zoologist	Zoologist

Rainforest
Rainforest

Amphibians	Amphibia
Birds	Aves
Botanical	Botanica
Climate	Caeli
Clouds	Nubes
Community	Communitas
Diversity	Diversitas
Insects	Insecta
Jungle	Truncatis
Mammals	Nullam
Moss	Muscus
Nature	Natura
Refuge	Refugium
Respect	Quantum
Restoration	Restitutionem
Species	Species
Survival	Salutem
Valuable	Pretiosum

Restaurant #2
Restaurant #2

Cake	Massae
Chair	Cathedra
Delicious	Delectamentum
Dinner	Prandium
Eggs	Ova
Fish	Pisces
Fork	Furca
Fruit	Fructus
Ice	Ice
Salad	Sem
Salt	Sal
Soup	Elit
Spices	Aromata
Spoon	Cochleari
Vegetables	Legumina
Water	Aqua

School #1
School #1

Alphabet	Alphabeti
Answers	Respondet
Chair	Cathedra
Classroom	Elit
Exams	Volutpat
Folders	Folders
Friends	Amicis
Library	Library
Lunch	Prandium
Markers	Venalicium
Numbers	Numeri
Paper	Charta
Pencil	Graphium
Pens	Calami
Teacher	Magister
To Learn	Discere

School #2
School #2

Academic	Academica
Activities	Operationes
Backpack	Mantica
Calendar	Calendar
Computer	Eu
Dictionary	Dictionary
Education	Education
Eraser	Deleo
Friends	Amicis
Games	Ludos
Grammar	Grammatica
Library	Library
Literature	Litteris
Paper	Charta
Pencil	Graphium
Science	Scientia
Scissors	Axicia
Supplies	Commeatus
Teacher	Magister
Weekends	Weekends

Science
Scientia

Atom	Atom
Chemical	Eget
Climate	Caeli
Data	Data
Evolution	Praegressus
Experiment	Experimentum
Fact	Eo
Fossil	Fossile
Gravity	Gravitatis
Hypothesis	Rum
Laboratory	Nulla
Method	Modus
Minerals	Mineralibus
Molecules	Moleculis
Nature	Natura
Observation	Observatione
Particles	Particulis
Physics	Physica
Plants	Plantis
Scientist	Scientist

Science Fiction
Scientia Ficta

Atomic	Atomicus
Chemicals	Chemicals
Distant	Distant
Dystopia	Dystopia
Explosion	Crepitus
Extreme	Extrema
Fantastic	Suspendisse
Fire	Ignis
Futuristic	Futuristic
Galaxy	Galaxia
Illusion	Illusio
Imaginary	Imaginaria
Mysterious	Arcanum
Novels	Conscripserit
Oracle	Oraculum
Planet	Planeta
Technology	Nulla
Utopia	Utopia
World	Mundi

Scientific Disciplines
Scientifica Disciplinis

Anatomy	Anatomia
Archaeology	Antiquitatis
Astronomy	Astronomia
Biochemistry	Biochemistry
Biology	Biology
Botany	Botanicam
Chemistry	Chemia
Ecology	Oecologia
Geology	Nederlandicae
Immunology	Immunology
Kinesiology	Kinesiology
Linguistics	Grammatica
Mechanics	Mechanica
Meteorology	Meteorology
Mineralogy	Mineralogy
Neurology	Neurology
Physiology	Physiology
Psychology	Duis
Sociology	Sociologiae
Zoology	Zoologicam

Shapes
Figuris

Arc	Arc
Circle	Circulus
Cone	Coni
Corner	Angulo
Cube	Cubus
Curve	Curva
Cylinder	Cylindro
Edges	Oras
Ellipse	Ellipsi
Line	Linea
Oval	Oval
Polygon	Polygonum
Prism	Prisma
Pyramid	Pyramidis
Rectangle	Rectangulum
Round	Circum
Side	Parte
Sphere	Sphaera
Square	Quadratum
Triangle	Triangulum

Spices
Aromata

Anise	Anethum
Bitter	Amara
Cardamom	Amomum
Chili	Purus
Coriander	Coriandri
Curry	Curry
Fennel	Faeniculi
Flavor	Saporem
Garlic	Allium
Ginger	Gingiber
Licorice	Liquiritiae
Nutmeg	Nutmeg
Onion	Cepa
Paprika	Paprika
Pepper	Piper
Saffron	Crocus
Salt	Sal
Sour	Acidum
Sweet	Dulcis
Vanilla	Vanilla

Sports
Ludis

Athlete	Athleta
Baseball	Baseball
Basketball	Ultrices
Championship	Vindiciae
Coach	Raeda
Game	Ludum
Golf	Golf
Gymnasium	Gymnasium
Gymnastics	Gymnasticae
Hockey	Consectetuer
Movement	Motus
Player	Ludio Ludius
Referee	Referendarius
Stadium	Stadium
Team	Dolor
Tennis	Tristique
Winner	Victor

Summer
Aestate

Beach	Beach
Camping	Castra
Diving	Consequat
Family	Familia
Food	Cibum
Friends	Amicis
Games	Ludos
Garden	Hortus
Home	Domum
Joy	Gaudium
Leisure	Otium
Memories	Memoria
Music	Musica
Sandals	Sandalia
Sea	Mare
Stars	Sidera
Travel	Travel

Surfing
Superficies

Athlete	Athleta
Beach	Beach
Beginner	Inceptos
Champion	Fortissimus
Crowds	Turbas
Extreme	Extrema
Foam	Spuma
Ocean	Oceanum
Paddle	Remus
Popular	Popularis
Reef	Reef
Speed	Celeritate
Stomach	Stomachum
Strength	Fortitudo
Style	Style
Wave	Unda
Weather	Tempestas

Technology
Nulla

Browser	Pasco
Camera	Camera
Computer	Eu
Cursor	Cursor
Data	Data
Digital	Digital
Display	Propono
File	File
Internet	Internet
Message	Nuntius
Research	Research
Screen	Screen
Security	Securitatem
Software	Software
Virtual	Rectum
Virus	Virus

Time
Tempus

Annual	Annua
Before	Ante
Calendar	Calendar
Century	Century
Clock	Horologium
Day	Die
Decade	Decennium
Future	Futurum
Hour	Hora
Minute	Minutis
Month	Mense
Morning	Mane
Night	Nocte
Noon	Meridies
Now	Nunc
Soon	Mox
Today	Hodie
Week	Septimana
Year	Anno
Yesterday	Heri

To Fill
Implere

Bag	Bag
Barrel	Dolium
Basin	Labrum
Basket	Canistrum
Bottle	Utrem
Bucket	Situla
Drawer	Perscriptorem
Envelope	Involucrum
Folder	Folder
Packet	Fasciculus
Pocket	Sinu
Suitcase	Vidulus
Tube	Tube
Vase	Vase
Vessel	Vas

Tools
Instrumenta

Axe	Securis
Cable	Mauris
Glue	Gluten
Hammer	Malleus
Ladder	Scalam
Mallet	Malleo
Pliers	Pliers
Razor	Novacula
Rope	Funem
Ruler	Princeps
Scissors	Axicia
Screw	Stupra
Shovel	Rutrum
Staple	Solidis
Stapler	Ipsum
Torch	Facem
Wheel	Rota

Town
Oppidum

Airport	Elit
Bakery	Pistrinum
Bank	Ripam
Bookstore	Bookstore
Cafe	Casu
Clinic	Eget
Florist	Florist
Gallery	Gallery
Hotel	Hotel
Library	Library
Museum	Museum
Pharmacy	Atqui
Restaurant	Amet
School	Schola
Stadium	Stadium
Store	Store
Supermarket	Forum
Theater	Theatrum
University	University
Zoo	Exo

Toys
Nugas

Airplane	Vivamus
Ball	Pila
Boat	Navi
Car	Car
Chess	Latrunculorum
Clay	Lutum
Crafts	Artes
Doll	Pupa
Drums	Tympana
Favorite	Ventus
Games	Ludos
Imagination	Imaginatio
Kite	Milvus
Puzzle	Puzzle
Robot	Robot
Train	Comitatu
Truck	Dolor

Vacation #1
Vacation #1

Airplane	Vivamus
Backpack	Mantica
Car	Car
Currency	Monetæ
Customs	Consuetudines
Departure	Discessum
Expedition	Expeditione
Itinerary	Itinerarium
Lake	Lacus
Museum	Museum
Relaxation	Consequat
Suitcase	Vidulus
Ticket	Aliquam
Tourist	Viator
Tram	Tram
Umbrella	Umbrella

Vacation #2
Vacation #2

Airport	Elit
Beach	Beach
Camping	Castra
Foreign	Aliena
Foreigner	Peregrinus
Holiday	Ferias
Hotel	Hotel
Island	Insula
Journey	Iter
Leisure	Otium
Map	Map
Mountains	Montes
Passport	Singraphus
Restaurant	Amet
Sea	Mare
Taxi	Taxi
Tent	Tabernaculum
Train	Comitatu
Transportation	Nulla
Visa	Visa

Vegetables
Legumina

Artichoke	Cactus
Broccoli	Algentem
Carrot	Daucus
Cauliflower	Brassica
Celery	Apium
Cucumber	Cucumis
Eggplant	Eggplant
Garlic	Allium
Ginger	Gingiber
Mushroom	Fungorum
Olive	Olivae
Onion	Cepa
Parsley	Petroselinum
Pea	Pisum
Pumpkin	Cucurbita
Radish	Radicula
Salad	Sem
Shallot	Shallot
Spinach	Spinach
Turnip	Rapa

Vehicles
Vehicula

Airplane	Vivamus
Ambulance	Ambulance
Boat	Navi
Car	Car
Caravan	Comitatum
Engine	Engine
Ferry	Porttitor
Helicopter	Helicopter
Motor	Motor
Raft	Ratis
Rocket	Eruca
Scooter	Scooter
Submarine	Submarine
Subway	Subway
Taxi	Taxi
Tires	Tires
Tractor	Tractor
Train	Comitatu
Truck	Dolor

Virtues #1
Virtutes #1

Artistic	Artis
Charming	Venustus
Clean	Mundus
Confident	Confidit
Curious	Curiosus
Decisive	Decretorium
Efficient	Efficiens
Generous	Liberalis
Good	Bonum
Helpful	Benevolens
Independent	Independens
Intelligent	Intelligens
Modest	Modestus
Passionate	Iracundus
Patient	Patiens
Practical	Practica
Reliable	Certa
Wise	Sapiens

Visual Arts
Artibus

Architecture	Architectura
Artist	Artifex
Chalk	Creta
Charcoal	Carbones
Clay	Lutum
Composition	Compositio
Creativity	Glossarium
Easel	Otium
Film	Duis
Masterpiece	Palmarius
Painting	Pictura
Pen	Pen
Pencil	Graphium
Perspective	Prospectum
Photograph	Photograph
Portrait	Effigies
Stencil	Stencil
Wax	Cera

Water
Aqua

Canal	Canalis
Damp	Humido
Evaporation	Evaporatio
Flood	Diluvium
Frost	Gelu
Geyser	Geyser
Humidity	Humiditas
Hurricane	Procellae
Ice	Ice
Irrigation	Irrigationes
Lake	Lacus
Moisture	Umor
Monsoon	Etesia
Ocean	Oceanum
Rain	Pluvia
River	Flumen
Shower	Imber
Snow	Nix
Steam	Vapor
Waves	Fluctus

Weather
Tempestas

Atmosphere	Aeris
Breeze	Aura
Climate	Caeli
Cloud	Nubes
Drought	Siccitate
Dry	Siccum
Fog	Caligo
Hurricane	Procellae
Ice	Ice
Lightning	Fulgur
Monsoon	Etesia
Polar	Polar
Rainbow	Mauris
Sky	Caelum
Storm	Tempestas
Temperature	Tortor
Thunder	Tonitrua
Tornado	Turbo
Tropical	Tropical
Wind	Ventus

Congratulations

You made it!

We hope you enjoyed this book as much as we enjoyed making it. We do our best to make high quality games.
These puzzles are designed in a clever way for you to learn actively while having fun!

Did you love them?

A Simple Request

Our books exist thanks your reviews. Could you help us by leaving one now?

Here is a short link which will take you to your order review page:

BestBooksActivity.com/Review50

MONSTER CHALLENGE!

Challenge #1

Ready for Your Bonus Game? We use them all the time but they are not so easy to find. Here are **Synonyms**!

Note 5 words you discovered in each of the Puzzles noted below (#21, #36, #76) and try to find 2 synonyms for each word.

Note 5 Words from *Puzzle 21*

Words	Synonym 1	Synonym 2

Note 5 Words from *Puzzle 36*

Words	Synonym 1	Synonym 2

Note 5 Words from *Puzzle 76*

Words	Synonym 1	Synonym 2

Challenge #2

Now that you are warmed-up, note 5 words you discovered in each Puzzle noted below (#9, #17, #25) and try to find 2 antonyms for each word. How many lines can you do in 20 minutes?

Note 5 Words from *Puzzle 9*

Words	Antonym 1	Antonym 2

Note 5 Words from *Puzzle 17*

Words	Antonym 1	Antonym 2

Note 5 Words from *Puzzle 25*

Words	Antonym 1	Antonym 2

Challenge #3

Wonderful, this monster challenge is nothing to you!

Ready for the last one? Choose your 10 favorite words discovered in any of the Puzzles and note them below.

1.	6.
2.	7.
3.	8.
4.	9.
5.	10.

Now, using these words and within a maximum of six sentences, your challenge is to compose a text about a person, animal or place that you love!

Tip: You can use the last blank page of this book as a draft!

Your Writing:

Explore a Unique Store
Set Up **FOR YOU!**

MEGA DEALS

BestActivityBooks.com/**TheStore**

Designed for Entertainment!

Light Up Your Brain With Unique **Gift Ideas**.

Access **Surprising** And **Essential Supplies!**

CHECK OUT OUR MONTHLY SELECTION NOW!

- Expertly Crafted Products -

NOTEBOOK:

SEE YOU SOON!

Linguas Classics Team

27780950R10083